**INTER**FERÊNCIAS

Dirce
Waltrick
do Amarante

# INTERFERÊNCIAS

censura, apagamento e outros
temas contemporâneos

ILUMINURAS

*Capa e projeto gráfico*
Eder Cardoso / Iluminuras
sobre *Raízes* ilustração de Sérgio Medeiros

*Revisão*
Diogo Berns

Este livro segue
as novas regras do
Acordo Ortográfico da
Língua Portuguesa.

CIP-BRASIL. CATALOGAÇÃO NA PUBLICAÇÃO
SINDICATO NACIONAL DOS EDITORES DE LIVROS, RJ
A52m

Amarante, Dirce Waltrick do
Interferências : censura, apagamento e outros temas contemporâneos / Dirce Waltrick do Amarante. - 1. ed. - São Paulo : Iluminuras, 2025.
144 p. ; 21 cm.

ISBN 978-65-551-9275-9

1. Literatura brasileira - História e crítica. 2. Literatura e sociedade - Brasil. I. Título.

25-101431.0 CDD: 809
CDU: 82.09(81)

ILUMINURAS
desde 1987

Rua Salvador Corrêa, 119, Aclimação
04109-070 | São Paulo/SP | Brasil
Telefone 55 11 3031-6161
iluminuras@iluminuras.com.br
www.iluminuras.com.br

# SUMÁRIO

*Toda vez que penso naquela festa editorial sessangue, Shem Skrivenitch, sempre cortando minha proza pra agradar a sua pooeisia, borogodood, eu declaro que tô com dor no maxilar!*
James Joyce

(*Finnegans Wake, p. 423.* Transcriação de *Dirce Waltrick do Amarante*)

*Ah, Senhor! Eu nunca fui eloquente, nem outrora, nem depois que falaste a teu servo; pois sou pesado de boca e pesado de língua.*
Êxodo 4, 10

Tradução de *João Ferreira de Almeida*

# NOTA PRELIMINAR

*Dirce Waltrick do Amarante*

Existem palavras que são incontornáveis, uma delas é a palavra "incontornável". Nos debates sobre literatura e cultura, hoje, no Brasil, volta e meia um autor ou autora é incontornável, mesmo que seja estreante. Incontornável também é o uso de adjetivos como "urgente", "sensível", "bonita" (como, por exemplo, uma estudiosa de Pagu se referiu à escritora na Festa Literária de Paraty em 2023) e "genial".

Os textos aqui reunidos buscam refletir sobre o que, a meu ver, é de fato "incontornável" na cena contemporânea: censura, apagamento, posicionamento feminista, pandemia, teatro dos povos originários etc. Nos ensaios, em geral breves, vários outros temas ganham destaque, entre eles, o da "ignorância seletiva", como diz o historiador inglês Peter Burke. Essa ignorância, diz Burke citando a filósofa feminista, nascida no Panamá, Linda Alcoff, "vai além de uma falta de conhecimento. Não é só que as pessoas não tenham conhecimento. É que sua falta de conhecimento é o produto de algum esforço deliberado, uma escolha consciente ou, na realidade, uma série de escolhas. Certos artigos noticiosos, ou fontes de notícias, são evitados, certos cursos universitários são mantidos longe, certos tipos de pessoas nunca são solicitados a dar sua opinião sobre as notícias do dia" (tradução de Rodrigo Seabra).

Para não incorrer em apagamentos, ou na "ignorância seletiva", os nomes dos tradutores de excertos de autores estrangeiros são sempre mencionados por mim.

Organizados em ordem temática e não cronológica, estes ensaios foram publicados em jornais e revistas de circulação nacional, e estão reproduzidos com atualizações e ligeiras modificações. Incluí neste volume também alguns inéditos.

# A CONSPIRAÇÃO GENIAL

Algo curioso parece estar acontecendo nestes últimos anos no Brasil: a proliferação de gênios na nossa cultura. Diria que nunca houve tantos autores extraordinários como agora na ficção, no ensaio e na tradução, e quase todos muito jovens!

Não é raro o leitor se deparar com adjetivos como "genial", "fenomenal", "brilhante" e "singular" em críticas, prefácios, textos de orelha... Livros com pouco mais de duzentas páginas são vistos como estudos "completos e elucidativos" sobre um determinado assunto, o qual, aliás, já foi bastante esmiuçado por outros, em tomos volumosos. Autores de um único livro são premiados e alcançam a notoriedade, quando não a admiração irrestrita, algo que muitos outros, com obra vasta, ainda não alcançaram. É claro que nenhum fã ou crítico sabe agora, no auge de seu entusiasmo, quantos desses autores festejados sobreviverão ao tempo.

Vale destacar, contudo, que a fábrica de genialidades não é nova. Em um ensaio de 1894 intitulado "Como tornar-se um gênio", o dramaturgo irlandês George Bernard Shaw (1856-1950) afirma: "os gênios não existem", e prossegue, com a ironia que lhe é peculiar: "eu sou um gênio e portanto sei. O que há é uma conspiração para fazer de conta que os gênios existem e uma escolha das pessoas certas para assumir o papel imaginário de gênio. O difícil é ser o escolhido" (tradução de José Viegas Filho).

Mas no Brasil, a meu ver, ser o escolhido para o papel de gênio não é mais tão difícil. A conspiração, que envolve questões editoriais, comerciais etc., tem buscado transformar cada lançamento em obra "incontornável" e, para atingir esse objetivo (um novo *best-seller*?), qualifica automaticamente o autor como genial. Os paratextos dos livros precisam, obviamente, reforçar essa ideia e faz-se isso convidando outros "gênios" para escrever sobre seus "iguais".

As relações pessoais também devem ser consideradas nessa conspiração: amigos escrevem sobre amigos de talento "extraordinário" e, assim, se revelam ainda mais amigos, ou verdadeiros cúmplices da mesma trama. Cumprimentos e louvores são trocados e cria-se, parece-me, o Olimpo dos gênios, formado na sua maioria por jovens, porque neles está o futuro da conspiração. Os mais velhos, embora por vezes mais geniais, já teriam cumprido, ou não, o seu papel nesse complô; mas a verdade é que eles também podem merecer investimento e de repente se tornam quase um novo Guimarães Rosa.

Ocorre que, conforme se lê no ensaio "Liberdade de pensamento sem liberdade de criticar?", escrito nos anos 1990 pelo filósofo francês Jacques Bouveresse (1940-2021), "todos os pensadores famosos estão convencidos de sê-los apenas por causa de seus méritos. Os 'pobres pensadores' que gozam de uma celebridade injustificada são sempre os outros". (Tradução de Claudia Berliner).

Diante desse cenário, alguns críticos podem se sentir desconfortáveis, afinal, afirma Bouveresse, "uma regra fundamental parece ser a de que o especialista sério e obscuro nunca tem fundamento para criticar o general (quero dizer, o 'generalista' brilhante e famoso)". Ademais, como bem lembra o pensador, "o sistema e a lei do mercado, contra os quais se continua a protestar por obrigação, estão hoje, na verdade, aceitos e integrados", e o crítico que ousar seguir protestando poderá "correr o risco de passar por policial" ou ser acusado de basear sua tese a respeito de um autor, um livro, uma tradução apenas "na incompreensão, na malevolência e no ódio (do autor em questão, da disciplina que ele representa ou do pensamento geral)". É bem verdade, conclui Bouveresse, que "uma crítica pode estar inspirada numa certa hostilidade, no ressentimento ou na inveja, e ainda assim ser pertinente, ou não. É certo que o ressentimento, em muitos casos, enceguece, mas às vezes também permite ver melhor que a amizade ou a devoção".

Para o autor francês, os gênios, ou os escolhidos para o papel, não levam a sério a crítica, "só mesmo as pessoas obscuras ainda podem se sentir obrigadas a aceitar ser criticadas e a tentar realmente responder aos que o fazem". Resta saber se a resenha de livros dessas pessoas obscuras merece algum espaço na mídia. Bouveresse fala do paradoxo da resenha impossível, ou seja, "não se pode falar de um livro X, já que X não é suficientemente conhecido para merecer que o tornemos conhecido".

Em 1969, a escritora e crítica italiana Natalia Ginzburg, que na época colaborava no diário italiano *La Stampa*, publicou um texto chamado "A crítica". Nele, Ginzburg afirma: "hoje em dia qualquer um que escreva, e o que quer que escreva — romance, ensaio, poesia ou teatro —, lamenta a ausência ou raridade de uma crítica, isto é, a ausência ou a raridade de um julgamento claro, inabalável, inexorável e puro". (Tradução de Júlia Scamparini). Paradoxalmente, diz a escritora, "dos críticos, costumamos esperar benevolência. Nós a esperamos como algo que nos é devido. Se não a recebemos, nos sentimos mal compreendidos, perseguidos e vítimas de um ódio injusto; e prontamente enxergamos nos outros algum propósito desprezível".

Para Ginzburg, o crítico não deveria se importar com o rancor alheio, apesar disso, como ela ressalta, os críticos acabaram se tornando "frágeis, nervosos e sensíveis aos rancores alheios; temem perder amigos ou ofender conhecidos, sua vida social é bastante vasta e cheia de ramificações, e ao ofender uma pessoa podem ofender mil outras, assim como os pais, hoje os críticos têm medo do ódio: têm medo de se verem sozinhos dizendo a verdade em meio a uma sociedade hostil".

Isso não parece ter mudado muito ao longo dos anos. O crítico segue nessa posição incômoda. Hoje talvez ainda mais, pois escritores, ensaístas, tradutores etc. ganharam fã-clubes espalhados por toda parte, e isso significa que qualquer parecer rigoroso poderá ofender milhares, que gritarão em uníssono contra o resenhista. Não se espera que o público aceite passivamente a sua opinião, mas o crítico deveria, ao menos, ter a liberdade de expô-la.

Para preservar a própria espécie, o crítico poderá dar a palavra ao autor, o qual discorrerá sobre as suas intenções; não precisará, desse modo, pronunciar um veredito nem analisar nada. Mas a pergunta que fica é: dar voz ao autor "genial" de um livro medíocre que se está apresentando, sem contrapor suas falas, sem dialogar de fato com ele, não seria o mesmo que referendar a obra?

• • • • •

## TUDO ACABA BEM?

No dia 6 de abril de 2023, Michel Laub escreveu na sua coluna, no *Valor Econômico*, um comentário sobre a reflexão que publiquei na *Folha de S. Paulo*, em março daquele ano. No meu texto, discorro sobre a "proliferação de gênios" em nosso país, no campo da literatura contemporânea. A réplica de Laub dá abertura ao diálogo, o que é fundamental, principalmente nos dias de hoje, quando qualquer ideia dissonante é motivo para "cancelamentos" e "lacrações", mas poucas vezes para o debate construtivo.

Paradoxalmente, contudo, a coluna de Laub começa promovendo uma polarização: "A crítica literária entre os extremos da simpatia e do xingamento". Em seguida, faz uma pergunta que parece instigar a discórdia em vez de promover uma conversa ou uma saudável discussão: "Falta briga no meio literário?". O colunista afirma que essa questão "ronda" o meu texto, o que nunca foi a minha intenção — trata-se de uma interpretação dele.

Laub questiona ainda o motivo que teria me levado a não citar nomes no meu artigo, e prossegue: "qual o sentido de atacar o bom-mocismo alheio praticando outra forma de bom-mocismo?".

O fato é que, quando escrevi sobre o tema, no final de 2022 (o artigo demorou um pouco para ser publicado), não tinha em mente nomes específicos. Retratava um clima geral, algo que qualquer leitor minimamente atento conseguiria detectar numa rápida passada de olhos por artigos de jornais, revistas, sites, textos de orelha de livros, paratextos etc.

Vale destacar, além disso, que o objetivo da minha breve reflexão não era promover um Tribunal da Santa Inquisição, apontando o dedo para esse ou aquele autor contemporâneo. Depois dos anos sombrios pelos quais passamos (e que podem retornar, se nos descuidarmos), tudo o que não precisamos é de brigas, de bodes expiatórios etc. Também não precisamos de gênios, de santos, de heróis ou de salvadores da Pátria (literária), muito menos de críticos mártires.

Lendo a coluna de Laub, lembrei-me da Duquesa, personagem de *Alice no País das Maravilhas*, de Lewis Carroll, que tenta adivinhar tudo o que se passa pela cabeça da menina Alice: "'Como gosta de achar moral nas coisas!' Alice pensou consigo mesma. 'Aposto que está pensando por que não passo o braço pela sua cintura', disse a Duquesa" (tradução de Maria Luiza X. de A. Borges).

Laub parece incorporar a Duquesa ao fazer uma lista de nomes atuais, aos quais ele acredita que eu pudesse estar me referindo negativamente. O colunista vai adjetivando positivamente alguns deles: "fenômeno", "premiado" etc. O mais interessante é que ele cita esses nomes em meu nome, atribuindo-me uma visão crítica que não é minha! Porém, a seguir, quando se põe a fazer elogios aos escritores do seu "elenco", ele o faz em seu nome!

Adjetivos positivos não faltam no texto do colunista, ainda que ele não tenha chamado ninguém de gênio, é bem verdade. Os adjetivos negativos ficaram reservados aos professores das universidades públicas, esses "enjoados" que promovem o "dumpling", uma prática comercialmente desleal, já que os professores "roubariam" o espaço de quem escreve para viver, pois eles trabalhariam de graça.

Quando se fazem listas de escritores, elas são, a meu ver, sempre mais excludentes do que inclusivas, para o bem ou para o mal. Por que citar fulano e beltrano e não sicrano? A artista e ativista chilena Cecilia Vicuña me disse tempos atrás uma frase que considero crucial: "O que ficou de fora talvez seja o mais importante". Para não deixar de fora o mais importante (para o bem ou para o mal) é que não cito nomes, principalmente dos contemporâneos, pois estamos ainda tateando suas obras e não conseguimos, acredito, no calor da hora, ter uma visão cristalina delas. Por enquanto, cabe ao crítico analisá-las, sem emitir um juízo definitivo. Como coloco no texto, o que ficará, só o tempo dirá.

O colunista cita aleatoriamente nomes (em seu nome, enfatizo, e nunca negativamente), porém, ao fazê-lo sem revelar os seus critérios, destaca essas pessoas e deixa de fora muitas outras. Por que esses nomes em especial, eu me pergunto.

Sim, Laub, como também falo no meu texto, a discussão sobre a suposta "genialidade" de nossos autores é antiga, mas vez por outra é bom trazê-la à luz, não para causar briga, mas para promover o debate.

Como diria o bardo inglês, "tudo está bem quando termina bem", e é assim que termina o texto do colunista.

• • • • •

# UM NOVO GRANDE AUTOR A CAMINHO

Geralmente, escritores alcançam o reconhecimento dos leitores e dos seus pares depois de longa jornada. Há, porém, exceções. Hoje em dia, parece-me que o mercado editorial está especialmente empenhado em transformar a exceção em regra, na medida em que anuncia o surgimento de um novo grande autor a cada momento. Para tanto, não basta, é claro, apenas a publicação de uma obra inédita.

É preciso investir no seu lançamento, até transformá-lo num evento ruidoso que chame a atenção para a figura do autor destinado a virar rapidamente uma celebridade literária (pode ser que ele já seja celebridade em outra área). A voz do escritor vai, assim, ganhando relevância e se tornando incontornável na discussão da produção literária atual. Será que a famosa teoria da morte do autor, de Roland Barthes, já foi descartada? Metaforicamente, segundo o crítico francês, o escritor morre, para dar espaço à interpretação do leitor.

Pergunto-me se a relação cada vez mais promíscua entre o mercado e os novos autores não acabará ofuscando os valores estéticos, tais como eram entendidos até recentemente, quando os padrões de excelência literária eram, por exemplo, Virginia Woolf e Guimarães Rosa. A situação é complexa, e a sua análise, por incrível que pareça, ainda engatinha.

Em *O que resta*, Lorenzo Mammì compara a relação entre a arte e a indústria cultural àquela da dupla Píramos e Tisbe, cujo destino foi narrado num mito romano. Ambos viviam em casas vizinhas e namoravam pela fresta de uma parede, já que as suas famílias não aprovavam o romance. Quando finalmente decidiram se encontram cara a cara, acontece uma tragédia e nenhum dos dois sobrevive: "Condenada a uma separação semelhante a arte atual conversa com seu público através das pequenas interrupções que ela consegue escavar no fluxo constante de informações. Não vê quem a olha, tampouco pode mostrar-se plenamente. No entanto, se a parede caísse, provavelmente já não seria capaz de se nortear sozinha. A arte precisa da indústria cultural, embora a negue a cada gesto; a indústria cultural precisa da arte, como de um sustentáculo subterrâneo que todavia se esforça em encobrir, preenchendo cada buraco da superfície. Dessa negação recíproca se desprende algo como a sombra de um valor, o ectoplasma de uma verdade. É pouco, mas é o que nos resta".

O fato é que "a negação recíproca" parece dar lugar hoje a uma "aceitação recíproca", a qual, sem a necessidade de encobrir mais nada, transforma a arte em produto de mercado, com o consentimento de todos os envolvidos. É preciso lançar ininterruptamente novidades na área das letras, e esse processo não permite que o leitor comum tenha tempo para digerir (ainda que haja muitos livros de fácil digestão) o que leu. A leitura não se transforma, portanto, em experiência, e consequentemente o leitor não consegue alcançar uma compreensão das possibilidades expressivas da literatura.

Os *best-sellers* mantêm o mercado aquecido, o que é bom, mas é preciso destacar que as editoras estão cada vez mais interessadas em satisfazer sobretudo a clientela que os consome. Todo tipo de leitura é importante para a formação do leitor, mas consumir um só tipo de literatura acabará sendo nocivo a ele, impedindo-o de alargar a sua experiência estética.

Em *Textos críticos*, o consagrado crítico Augusto Meyer (1902-1970) fala do "leitor ingênuo", ou seja, aquele que "procura o reflexo dos seus sentimentos mais imediatos, identificando-se logo com o protagonista ou herói do romance", e esse seria o leitor de *best-sellers*. Embora, como afirma Meyer, isso se dê "mais ou menos com qualquer leitor", afinal, "nós nos lemos através dos livros", no leitor ingênuo "essa lei dos reflexos toma a forma de um desinteresse pelo livro como obra de arte. Pouco importa a impressão literária, o sabor do estilo...".

Hoje, no nosso país, há livros para todos os tipos de "leitores ingênuos". Alguns deles pertencem a clubes de "fãs" de determinados autores celebridades, como Elena Ferrante. Às vezes, é o tema que os atrai e os mantêm unidos em torno de certas obras devotadas a questões contemporâneas candentes. Tais leitores parecem estar sempre ávidos por novidades, desde que elas correspondam às suas expectativas. O estilo deve ser, de preferência, aquele que não "obscureça" a mensagem. Para os leitores fãs, qualquer pequena consideração crítica negativa sobre a obra ou as obras que cultuam é considerada um ataque pessoal ao escritor e ao grupo.

A situação da crítica literária, neste cenário, é no mínimo desafiadora. Em primeiro lugar, afirmam editores e autores que a crítica morreu. O fato é que o crítico contemporâneo não tem condições de avaliar uma avalanche de livros colocados no mercado cotidianamente e vendidos como obras de futuros Nobel de Literatura. Lembra Augusto Meyer das ciladas que espreitam o juízo crítico, em todas as épocas: "O teatro de Shakespeare foi, durante muito tempo, considerado uma grosseira farsa pelos admiradores de *Henriade*. Rivarol polia as arestas do anguloso Dante, ao sabor dos contemporâneos".

Desse cenário, surge uma questão importante que diz respeito tanto ao crítico como aos escolhidos para o papel de escritores geniais (premiados ao não). Recorrerei a um texto de ficção para expressá-la. No conto "Uma questão de imaginação", de Hans Christian Andersen, uma velha contadora de histórias aconselha um escritor frustrado a se tornar um crítico: "E o rapaz seguiu o conselho da mulher sábia, tornando-se um feroz crítico literário. Já que não era capaz de escrever, contentava-se em destruir a reputação literária dos que se atreviam a fazê-lo. E eram os poetas os que mais sofriam com suas críticas ácidas e ferinas". Segundo o narrador do conto: "Foi a velha mulher sábia quem me contou essa história, e ela tem imaginação para dar e vender. E bem que ela gostaria de dá-la ou de vendê-la, mas não acha quem queira recebê-la, e muito menos quem esteja interessado em comprá-la". A pobre sábia, embora grande narradora, não possuía um editor ou um grupo de amigos importantes que pudessem fazê-la chegar rapidamente às estantes das livrarias como, talvez, um potencial *best-seller*.

Se nesta breve reflexão não me detive em escritores nacionais, situando-os no campo literário, é porque acredito que, como escreveu Georges Minois na introdução de *História do riso e do escárnio*, estabelecer uma bibliografia em meio ao alto número de publicações seria propor ao leitor uma lista necessariamente seletiva e, portanto, diria, injusta, se não maliciosa.

## OS CRÍTICOS LITERÁRIOS E OS ANUNCIANTES DE LIVROS

Em *Dicionário das ideias feitas*, de Gustave Flaubert (1821-1880), o crítico é definido satiricamente como alguém "sempre eminente. Considera-se que conhece tudo, que sabe tudo, que leu tudo, que viu tudo. Quando não nos agrada, devemos chamá-lo de Aristarco, ou de eunuco". Vale lembrar que a Aristarco de Samotrácia (cerca de 216-145 a.C.) criticou alguns versos de Homero, propondo inclusive alternativas para eles. Já o eunuco era (e é) um estéril, como o seriam certos textos críticos.

A definição do mestre francês permanece válida em parte: o crítico de hoje, acredita-se, não é uma figura "eminente", mesmo assim segue sendo atacado quando dá uma opinião que desagrade à turba (um exemplo é o crítico francês que colocou em xeque a atuação de Fernanda Torres no filme *Ainda estou aqui*). Presume-se também que ele continue a ser aquele que "sabe tudo" e "viu tudo". Contudo, "ver" e "saber" já não são mais medidos pelo conhecimento sobre a produção artística na sua totalidade. Esses atributos parecem estar cada vez mais relacionados com a regularidade de suas publicações nas redes sociais e com a quantidade de capas de livros, às vezes acompanhada de uma ou duas frases sobre a obra, que ele costuma postar.

Já a sua capacidade de influenciar estaria atrelada ao número de seguidores que ele tem: quanto mais seguidores, mais abalizado seria o crítico, aos olhos daqueles que estão dispostos a acatar seus "oráculos". A palavra "crítico", aliás, poderia ser substituída, neste caso, por "anunciante de livros", ou, ainda, por "crítico-anunciante", e a sua atuação pública configuraria uma espécie de pós-crítica, um tipo de discurso que, a meu ver, impõe um novo modelo de análise e comunicação.

Algo que realmente chama a atenção é a quantidade de livros que essa nova proliferação de "críticos-anunciantes" consegue ler por semana ou por mês. Cabe-nos indagar como são capazes de digerir essa leitura vertiginosa! Quando não há tempo para reflexão, não há como transformar a informação em experiência, como diria Walter Benjamin. A ideia modernista de canibalização, de transformar criativamente o que veio de fora (no mais amplo sentido), sequer é cogitada por esses ávidos leitores que não estão preocupados com posicionamentos críticos consequentes no campo da arte e da literatura em particular.

Os seguidores (antes chamados de leitores) dos anunciantes de livros parecem não questionar nem o número de livros que o anunciante diz ter lido nem mesmo se a qualidade daquilo que é indicado por ele é realmente bom ou relevante, tanto do ponto de vista estético como do histórico.

Diante desse quadro, podemos passar a temer que críticos como, por exemplo, Otto Maria Carpeaux, Antônio Cândido e Beatriz Sarlo, recém-falecida, estejam se tornando cada vez mais raros. Há algumas razões para a "escassez" de críticos e para o desaparecimento da crítica, a mais óbvia é o espaço reduzido para textos dessa natureza nos veículos de comunicação de massa, como jornais e revistas. Talvez não haja mais espaço para ensaios críticos, breves ou extensos, porque se acredita que os leitores não se interessem mais por eles.

Não bastasse isso, hoje, nem sempre os críticos "à moda antiga" têm a liberdade de escolher sobre o que querem falar, ou seja, sobre o que realmente valeria a pena falar. Algumas publicações fecham com muita antecedência a lista de livros que deverão ser resenhados ao longo do ano. As obras são previamente escolhidas por alguma razão que, parece, escapa aos valores da crítica literária propriamente dita.

Caberia ao crítico sobrevivente refletir e, quem sabe, escrever a respeito disso: como saber se tais livros merecem de fato ser destacados? E por que esses e não outros?

Outra questão que vem à tona é a restrição de publicar em jornais e revistas de grande circulação artigos sobre livros lançados em anos anteriores? Ora, o crítico poderá ter lido uma grande obra, antiga ou contemporânea, publicada alguns anos antes, a qual mereceria, ainda assim, uma nova releitura que ressaltasse a sua importância e atualidade. A crítica séria poderia resgatar e apresentar essas obras, impedindo que elas passem despercebidas, independentemente do gancho jornalístico que lhes garantiria de antemão espaço nas publicações.

Ao longo dos anos o que não mudou para os críticos (não para os anunciantes de livros) foi a dificuldade de escrever sobre literatura contemporânea, pois isso requer distanciamento, graças ao qual o horizonte em que se movem ganha clareza. Como diz Clarice Lispector em *Água Viva*: "não sei sobre o que estou escrevendo", pois o mundo é "um emaranhado de fios telegráficos em eriçamento". E a luminosidade se torna "no entanto obscura: esta sou eu diante do mundo". Lispector fala do ponto de vista do escritor, mas a ponderação pode muito bem ser aplicada ao crítico de um modo geral.

De fato, analisar a produção contemporânea não é tarefa fácil. Parafraseando David Lapoujade, diria que o crítico tem diante de si uma espécie de anamorfose cartográfica, mas nem sempre conseguem ver o que ela representa. Em um outro contexto, mas pensando também na interpretação de obras de arte, Lapoujade afirma que algumas pessoas "são como espectadores que estivessem diante de uma anamorfose sem ver o que ela representa, porque não procuraram o ângulo certo de visão que permite decifrá-la. No cosmos das coisas, há aberturas, inúmeras aberturas desenhadas pelos virtuais. Raros são aqueles que as percebem e lhes dão importância; mais raros ainda aqueles que exploram essa abertura em uma experimentação criadora".

Talvez o crítico pudesse ouvir Oswald de Andrade que, no *Manifesto Pau-Brasil*, afirma: não há "nenhuma fórmula para a contemporânea expressão do mundo", a única talvez seja a de "ver com olhos livres". Aqui surge outro problema: os "olhos livres" não podem estar conectados a interesses outros que não seja a literatura.

Retomando Clarice Lispector em *Água Viva*, destaco que escrever hoje faz parte do "instante do tempo", e o instante está sempre por nascer, ele é "semente viva" aguardando desabrochar: "você que me lê que me ajude a nascer". Mas, segue a escritora, "ao amanhecer eu penso que nós somos os contemporâneos do dia seguinte". Lispector fala para o leitor de um modo geral, mas, vale lembrar, o crítico faz parte dessa categoria.

O lugar da crítica contemporânea é no meio do emaranhado de fios citados pela escritora. Os anunciantes de livros, se tem um discurso direto e confiante, é porque desconhecem essa situação.

Ainda que seja visto como figura irrelevante, o crítico estabelece um cânone, já que ninguém dá valor a determinado autor até que um discurso o tenha consagrado. O cânone, contudo, não pode ser confundido com o sucesso imediato nem se basear na lista de *best-sellers*.

Ao mesmo tempo, convém apontar que nenhum escritor precisa de críticos, mas de leitores que leiam simplesmente pelo prazer da leitura, mas não é assim que as reputações literárias são feitas atualmente.

• • • • •

# A CELEBRAÇÃO DO LIVRO CONTEMPORÂNEO

*O ruído de uma época: aforismos, correspondências e ensaios,* da escritora argentina contemporânea Ariana Harwicz, acaba de ser publicado pela editora Instante, em tradução de Silvia Massimini Felix. No livro, Harwicz propõe uma discussão sobre a literatura e a arte contemporâneas a partir da necessidade de afirmar o paradoxo e a desobediência: "Não estou sendo nada original, o paradoxo é ir contra a opinião geral, contra a lógica, é celebrar a contradição". Quanto à desobediência, destaca a escritora argentina que houve um tempo em que qualquer pensador, qualquer crítico, qualquer artista etc. afirmava a "sua poética na desobediência [...] na resistência a pensar de uma única maneira. Pensar é pôr em tensão, ao mesmo tempo, duas coisas opostas". Porém, hoje, conclui Harwicz, o que se vê é o enfraquecimento da "necessidade de desobedecer".

Celebrar a contradição implica, acrescentaria, em manter o diálogo aberto, e esse seria o grande problema, já que não é o diálogo, mas a conclusão que tem ganhado prioridade nos dias de hoje.

Os leitores brasileiros que já conhecem Harwicz por seus romances breves e "desobedientes", como *Morra, amor, morra, A débil mental* e *Precoce,* os quais compõem uma "trilogia involuntária" sobre o amor e a maternidade, agora vão descobrir uma crítica e ensaísta senhora de si, em textos que destacam, com desembaraço, alguns aspectos do círculo artístico e literário contemporâneos.

Na opinião de Harwicz, "esta época nos presenteia com um novo modelo de artista consagrado e amado. É o artista com seguidores que lotam estádios, que o levam a super recordes, que veem tudo o que ele faz, mas não gostam de sua música, não se emocionam com suas canções. E, então, o que eles celebram? Eles celebram a pessoa". Com os autores de sucesso a situação seria a mesma, pois "este século nos presenteia com escritores que odeiam escrever e cantores que odeiam cantar, com fãs que odeiam seus livros e suas músicas".

No Brasil, para me situar em um cenário que conheço melhor, os lançamentos de livros parecem estar mais em alta, em razão, obviamente, das redes sociais, que lhes dão visibilidade. Os mais comentados e os que "lotam" são aqueles financiados por editoras que podem cobrir os custos de um evento que atrai celebridades de diversas áreas.

É possível que uma parcela dos livros comprados nesses eventos nem venham a ser lidos por quem os comprou. Talvez o conteúdo deles não seja tão importante quanto a foto com o/a escritor/a do momento. Nesse caso, parte daqueles que comparecem aos lançamentos seriam como os "fãs" descritos por Harwicz. É bem verdade que, além dos "fãs", comparecem a esses eventos também os amigos, as pessoas que aproveitam a ocasião para fazer contatos e até mesmo alguns leitores de verdade.

O papel do debatedor e do crítico, nesses lançamentos, merece um pouco de atenção. Em "O manuscrito", conto do húngaro Dezsö Kosztolányi, em tradução de Ladislao Szabo, a história gira em torno de um crítico que recebe um manuscrito volumoso, "escrito por uma distinta e elegante senhora de idade, muito culta, amável, espirituosa, até mesmo inteligente, mas que, quando pegava a caneta, imediatamente perdia essas excelentes qualidades, e escrevia pior que uma escrevinhadora de diários". De fato, a autora era medíocre, mas o crítico precisava falar sobre a sua obra, pressionado pela projeção social de quem a assinava. Um dia, o crítico é pego de surpresa pela escritora. Pensou em recorrer a um estratagema, mesmo sem ter lido o livro, que consistia em "simplesmente dizer que seu novo romance é excelente e, de longe, sobrepuja os anteriores. Contra isso — pela minha experiência — os que escrevem não costumam protestar". Mas, no último momento, optou por outra saída e fez algumas restrições à obra. A análise improvisada foi fácil, bastou que usasse os lugares comuns que calham a qualquer livro insignificante. O crítico estava ciente de que "atrás de seu tema escondia-se um tamanho aborrecimento que atordoava não só aos seus leitores, como à própria autora. Mais de meia hora e fez com que batesse em retirada. Afoguei-a no seu próprio melado, na sua própria limonada quente".

Talvez os críticos ou os debatedores, em lançamentos de livros banais, se sintam às vezes como a personagem do conto de Kosztolányi, que se vê obrigado a comentar com aparente seriedade um livro medíocre de um autor amável, simpático, inteligente e publicado por uma grande editora.

Para o/a artista, diz Harwicz, o que deveria importar "é a fé na obra, não a recepção da época". Porém, como também reitera a escritora argentina, parece que hoje o que mais importa é a figura do/a artista, do/a escritor/a, que, num festival literário, sobe no palco e assume também uma posição política, ideológica, a qual lhe dá um verniz especial. Desse modo, a autora de *Precoce* conclui, apontando mais um problema: "esta época lê mal porque lê a partir da identidade".

Hélio Oiticica denominava, nos anos 1970, de "artista-status" aqueles que buscavam na carreira acima de tudo alguma espécie de compensação. No século XIX, o poeta e ensaísta italiano Giacomo Leopardi já pensava assim, ao citar em um de seus ensaios, publicado postumamente, o pensador francês Jean La Bruyère, o qual, na segunda metade de 1600, teria afirmado "algo muito verdadeiro: que é mais fácil um livro medíocre adquirir fama em virtude de uma reputação já obtida pelo autor do que um autor ganhar reputação por conta de um livro excelente. A isso se pode acrescentar que, talvez, a via mais direta para adquirir fama é afirmar, com segurança e pertinácia, de todos os modos possíveis, tê-la conquistado" (tradução de Adriana Aikawa da Silveira Andrade).

Obviamente, os lançamentos são importantes, pois ajudam a dar visibilidade à obra, fazendo-a circular e encontrar seu leitor. Nenhum escritor/a escreve só para si. Em *A dádiva*, Lewis Hyde afirma que "um dom (que pertence ao mundo interior de quem o tem) mantém-se vivo através da constante doação, ou seja, da transformação de algo doado ao mundo exterior. Quando uma produção artística não tem público que a reconheça e que dela se aproprie espiritualmente, essa transição não se dá. É por meio da doação que o artista nutre seu dom. Visto por esse ângulo, quando o comércio é exclusivamente um tráfico de mercadoria, aqueles que criam não podem participar dessa troca que mantém viva sua criação" (Tradução de Maria Alice Máximo).

Se os lançamentos transformarem os livros apenas em *commodities*, chegará o dia em que primeiro se fará o lançamento e só depois se escreverá o livro. Reformulo aqui uma ideia do escritor argentino Macedonio Fernández, que dizia muito humoradamente: "Poder-se-iam primeiro dar as conferências e só depois anunciá-las" (tradução de Sueli Barros Cassai).

• • • • •

## PARADOXOS DA CULTURA BRASILEIRA

Segundo Gilles Deleuze, em *A lógica do sentido*, o sentido é sempre duplo sentido, portanto, os acontecimentos nunca são causa uns dos outros, mas entram em relações de quase-causalidade que assumem sempre mais de um sentido. E prossegue Deleuze: "o que tem um sentido tem também uma significação, mas por razões diferentes das que fazem com que tenha um sentido. O sentido não é, pois, separável de um novo gênero de paradoxos, que marca a presença do não-senso no sentido" (tradução de Luiz Roberto Salinas Fortes). Acolher o paradoxo parece fundamental para qualquer discussão, afinal, como afirma o intelectual multifacetado Donaldo Schüler, "tudo é enigma".

Vejamos um exemplo atual, que tem chamado a atenção: o romancista Itamar Vieira Júnior afirmou recentemente, em sua coluna no jornal *Folha de S. Paulo*, que "é muito comum em certo meio — entre acadêmicos e intelectuais da classe média urbana — considerar que pessoas que não passaram por educação superior, lavradores, quilombolas e indígenas seriam incapazes de produzir intelectualidade". Com essa denúncia, Vieira Júnior começou o seu texto que analisava o livro "A Terra Dá, a Terra Quer", de Antônio Bispo dos Santos, publicado pela editora Ubu. Onde estaria o paradoxo dessa afirmação? Estaria por acaso no fato de que a editora de Antônio Bispo dos Santos, Florencia Ferrari, sócia-fundadora da Ubu, é cientista social e doutora em Antropologia Social pela USP, tal como ela se apresenta no site da editora? É óbvio que a passagem pela academia lhe deu estofo intelectual, de modo que, graças à sua sólida formação, ela ampliou sua visão de literatura, arte etc., o que a levou a publicar dos Santos. A propósito, os editores em geral não seriam todos intelectuais, dedicando o seu tempo a refletir sobre os problemas sociais, culturais, estéticos etc. do seu tempo?

Uma curiosidade: por que só os "acadêmicos e intelectuais da classe média urbana" foram mencionados na sentença do escritor *best-seller*? Os professores universitários, especialmente, têm sido "acusados", por vezes, de poder se pronunciar com mais liberdade sobre literatura, arte etc., porque não precisariam do "mercado" para sobreviver. Aqui, destacaria mais um paradoxo: por não precisarem do "mercado", espera-se que esses professores se deem ao luxo de colaborar na imprensa e no mundo editorial apenas por amor à literatura... Não é raro que um professor universitário traduza um livro, organize determinada antologia ou escreva um alentado ensaio gratuitamente; tampouco é raro que esse mesmo acadêmico pague para ver reeditada a obra de um autor que ele admira como leitor e estudioso. Se por um lado esse trabalho voluntário é bem-vindo e louvável, promovendo a publicação de textos importantes, por outro lado ele poderá, no final, ser prejudicial ao mercado de trabalho. No mundo crucial da tradução, por exemplo, um acadêmico que venha a abrir mão de remuneração não estaria concorrendo deslealmente com o tradutor que vive da profissão? Elencar tais paradoxos não nos permite decifrar o enigma da cultura e do mercado, mas pode manter viva a discussão sobre os papéis do autor, do editor, do crítico e do estudioso da literatura.

Em um ensaio recente, intitulado "Literatura engajada", Leyla Perrone-Moisés, professora emérita de Literatura Francesa na Universidade de São Paulo, destaca um outro paradoxo ao tratar, especificamente, dos estudos decoloniais / descoloniais. De acordo com a acadêmica, esses estudos "tendem a negar qualquer contribuição positiva dos antigos colonizadores". É claro que a ensaísta faz uma ressalva e lembra que a colonização europeia (não só ela) "é responsável por inúmeros crimes, e seus malefícios têm efeito até os dias de hoje", ressaltando que, "extintas as colônias, é legítimo o desejo de descolonizar as culturas remanescentes". No entanto, diz Perrone-Moisés, "também é preciso reconhecer que, mesmo involuntariamente, a colonização europeia deixou algum benefício cultural nas antigas colônias [...]. Embora o objetivo dos colonizadores fosse o de dominar culturalmente, na prática, o ensino de suas línguas e literaturas ampliou o repertório dos colonizados". E o paradoxo segue, pois o conhecimento de línguas e culturas hegemônicas, primeiramente forçado, pode "ser subvertido como fator de libertação". A professora alerta, por fim, que, "evidentemente, essas línguas europeias são adotadas pelos ex-colonizados não por serem 'superiores', mas por serem meios de comunicação mais poderosos [...]".

Esse ensaio me remeteu a um texto bastante instigante e oportuno de Denilson Baniwa, o qual integra o livro *Joseca Yanomami*, que acompanhou a mostra de desenhos de Joseca Yanomami, no MASP, em 2022. No texto, intitulado "Arte para amansar o coração *napë*: cosmologias do contato e encantamento do povo da mercadoria", Baniwa cita a antropóloga e tradutora estadunidense Catharine V. Howard, para quem "os povos indígenas podem até dar a impressão de imitar a cultura dominante ao adotar as roupas dos brancos, querer seus bens, reverenciar seus deuses ou empregar sua retórica para criticá-los, mas a resistência é sempre uma questão híbrida e contraditória, tanto na forma quanto no conteúdo. Na verdade, essa qualidade mimética costuma ser parte de sua eficiência". Baniwa, artista e pensador indígena, acolhe a tese de uma acadêmica e intelectual estrangeira porque, obviamente, vê nela uma aliada, afinal, a antropóloga dá voz à cultura indígena em língua estrangeira, o inglês, que alcança um grande número de pessoas.

Baniwa desenvolve uma tese da resistência, e ela é, de certa forma, paradoxal: "ainda que o colonizador em sua performance de troca procure certo domínio sobre o Outro, a estratégia cosmológica dos povos indígenas sempre encontra lacunas e caminhos para subverter a dominação pelo colonizador, mesmo que seja uma performance de subordinação e timidez em disputar protagonismos contra o colonizador à vista de todos".

Joseca Yanomami, professor e estudioso da sociedade branca, como Baniwa o apresenta, expôs seus desenhos em um grande museu de São Paulo, mas se serviu de uma estratégia para evitar a total dominação do colonizador: a arte não estava só, pois era "necessária a presença do artista-pajé ou outro corpo yanomami para ativar a obra".

Esses exemplos, acredito, mostram que o paradoxo se mantém ativo na nossa compreensão da cultura brasileira (mas não só dela), nas três perspectivas citadas: a branca, a negra e a indígena.

O que acho inacreditável é que algumas discussões culturais ainda fiquem no "ou isso ou aquilo", quando todos os lados poderiam, ou deveriam, ser considerados.

# "COLONIZADOS ATÉ OS OSSOS"

No dia 2 de julho de 2023 o UOL publicou uma entrevista com o escritor angolano Eduardo Agualusa. As perguntas feitas a ele giravam, sobretudo, em torno da reação de Itamar Vieira Júnior às críticas pouco festivas feitas aos seus dois romances, um deles *best-seller*.

Essas mesmas perguntas foram enviadas para várias pessoas. Segundo o jornalista responsável pela matéria, "homens e mulheres, brancos e pretos, oriundos do centro e também de lugares historicamente subalternizados" se manifestaram. De modo que o UOL teria buscado "ouvir e dar voz a todos". Sua intenção era ampliar o diálogo.

Optou-se, no final, por dar voz só a alguns. Na matéria principal sobre o tema, o destaque foi para Agualusa, sob o pretexto de que ele teria começado a discussão. Ademais, o escritor angolano, em certa ocasião, teria sido "criticado sem direito de resposta".

O debate não começou com ele, começou disperso: vozes se levantaram para perguntar o que acontece quando um escritor não aceita opiniões desfavoráveis a respeito de seus textos.

É interessante e importante que Agualusa fale, mas o que me chamou a atenção foi o fato de não se ter ouvido as duas críticas, Fabiana Moraes e Lígia Diniz, atacadas pelo escritor brasileiro quando publicaram artigos sobre a obra dele. Por que não foram entrevistadas? Moraes, do *Intercept*, mesmo já tendo respondido publicamente ao ataque Itamar Vieira Júnior, poderia ter engrossado o caldo desse debate tão importante. Lígia Diniz, a segunda a ser atacada pelo autor *best-seller* brasileiro, poderia ter sido igualmente chamada. Se foram convidadas e não responderam, essa informação deveria ter sido passada ao leitor.

Lamento muito a forma como essa discussão tem se desenrolado, saindo da obra e entrando em questões pessoais. Li a crítica da Lígia, que destacou passagens que ela considerou muito bem resolvidas, sem deixar, porém, de trazer à tona aspectos que considerou fragilidades da obra.

Outra questão que me intrigou foi: por que deram voz apenas a um escritor branco, e estrangeiro, na matéria principal? Vale destacar que Agualusa, quando responde à primeira pergunta da entrevista — sobre a razão de o espaço nos grandes veículos para a reflexão crítica sobre obras literárias ser cada vez menor —, alude à situação dos suplementos culturais e da crítica literária na Europa. Ao final, faz uma brevíssima referência aos jornais lusófonos.

Quem lê críticas dos séculos passados para mídias comerciais brasileiras, percebe claramente esse encolhimento. Basta uma passada de olhos, por exemplo, nos escritos sobre teatro de Sábato Magaldi, publicados em mídias comerciais e disponíveis em um único e alentado volume. Havia nas críticas de outras épocas, parece-me, uma abordagem mais densa e não meramente informativa. Talvez essa mudança se deva à falta de espaço: afinal, como desenvolver um tema em poucos caracteres? Mas até que ponto interessaria aos leitores das mídias contemporâneas textos longos e complexos? Há uma bela reflexão sobre isso em um livro do século passado, *Nas sombras do amanhã*, de Johan Huizinga, que recomendo ao leitor.

Voltando às respostas de Agualusa, o escritor fala do Brasil, do Apartheid etc. e sentencia: "O Brasil precisa se descolonizar, é preciso que a maioria de origem africana alcance o poder a que tem direito, em todas as esferas da sociedade brasileira, ou seja, a nível político, econômico e cultura...".

Não deixa de ser verdade. Colonizados que somos, talvez só conseguiremos absorver isso se um escritor angolano, com fortes vínculos em Portugal, nos abrir os olhos. Em uma entrevista on-line para Lenerson Polonini, da Companhia Nova de Teatro, no último sábado, dia 15, Ailton Krenak fez questão de destacar, com toda razão, que "somos colonizados até o osso". Aliás, Angola deve também sofrer do mesmo mal que o Brasil.

A propósito de Portugal, Itamar Vieira Júnior ganhou projeção, primeiramente, no país que nos colonizou e do qual herdamos a língua.

Mas, nessa matéria que estou comentando, o problema não é Itamar nem Agualusa, o problema é a forma do debate, o qual foi publicado sem expandir o diálogo, mesmo que a intenção fosse essa. Das inúmeras vozes "ouvidas" para compor a matéria, só algumas reverberaram, e em uma matéria paralela àquela principal! Nela, algumas mulheres se pronunciaram, embora nenhuma da periferia do Brasil. Alguns negros também estão lá, mas nenhum indígena.

• • • • •

## O TEATRO DOS POVOS ORIGINÁRIOS

Uma das primeiras perguntas que faço, nas minhas aulas no curso de Artes Cênicas da Universidade Federal de Santa Catarina, é: "Onde nasceu o teatro?". A resposta, ainda que titubeante, costuma ser: "na Grécia". Essa provocação me permite citar um trecho de uma aula magna ministrada, em 1992, pelo escritor Ariano Suassuna: "Em qualquer manual de teatro escrito no Brasil, vão encontrar que o teatro no Brasil surgiu com os jesuítas, o teatro de Anchieta no século XVI. E encontra também que o teatro, em geral, nasceu na Grécia". Suassuna prossegue: "Ora, o que nasceu na Grécia foi o teatro grego! Acho uma coisa tão lógica, mas o pessoal bota: o teatro nasceu na Grécia. Quer dizer, o teatro brasileiro nasceu na Grécia, o início do teatro chinês foi o teatro grego? O teatro brasileiro, olhe aqui, o teatro brasileiro nasceu [...] aqui".

O teatro brasileiro, concordo com Suassuna, nasceu aqui, e, acrescento, com os indígenas, ainda que as práticas artísticas e culturas indígenas não se encaixem facilmente em conceitos da estética ocidental. A palavra teatro, de origem grega, tem sido usada, porém, para nomear a arte extraocidental. De acordo com Patrice Pavis, em *Dicionário de teatro*, o conceito de teatro pode ser abrangente: "O teatro é mesmo, na verdade, um ponto de vista sobre um acontecimento: um olhar, um ângulo de visão e raios ópticos o constituem. Tão-somente pelo deslocamento da relação entre olhar e objeto olhado é que ocorre a construção onde tem lugar a representação" (tradução de Maria Lúcia Pereira, J. Guinsburg, Rachel Araújo de Baptista Fuser, Eudinyr Fraga e Nanci Fernandes).

Uma das características da cultura indígena seria a não separação entre música, dança, pintura, rito, religião, história, política etc. Se as práticas dos povos originários são classificadas em gêneros estanques — espetáculos, exposições, poesia —, isso não provém dos próprios autores, mas obedece à lógica que estrutura as instituições, e também o mercado.

O termo mito, assim como o termo teatro, passa atualmente por revisão. No livro *As línguas da tradução*, os pesquisadores Pedro Cesarino e Jamille Pinheiro Dias propõem o conceito de "arte verbal", na análise das narrativas indígenas. Já Joana Mongelo, da etnia guarani, emprega, em outras publicações, a locução "história viva" no lugar de mito, para enfatizar o vigor e a atualidade dos relatos dos povos originários.

Tanto a "arte verbal" como a "história viva" poderiam se "encaixar" no conceito abrangente de teatro, tal como foi proposto por Pavis.

Pedro Cesarino, ao descrever o processo de tradução de "*Yawa shõka* — canto para amansar os porcos do mato", lembra que "esses cantos acompanham eventos que não acontecem dentro do corpo-maloca do xamã que os enuncia, mas sim em posições paralelas nas quais interagem as espíritas auxiliares Shoma e os demais agentes antagonistas (espíritos agressivos, por exemplo)". Quando Cesarino recolheu o canto, ele havia sido entoado na forma de um rito que poderíamos chamar de teatral e religioso, durante o convalescimento de um jovem caçador: "Enquanto o jovem era rezado, Antonio [Brasil Marubo], por sua vez, cantava outro *shõki* sozinho sobre um pote contendo fezes, pelos e pedaços de terra com os rastros das queixadas [...]. Ao final, o pote seria então pendurado na porta da maloca, a fim de atrair os porcos que, de fato, se aproximaram da aldeia em grande número no dia seguinte, rendendo uma farta caçada".

Por isso, a tradução da arte verbal impõe grandes desafios. Na versão de certos cantos bororo, Sérgio Medeiros propôs, em um de seus livros de poesia, uma recriação pessoal do "Canto de caça às antas", com a seguinte observação: "não pude traduzir o variado vocabulário bororo, em especial a minuciosa enumeração dos diversos gaviões. Meu ponto de partida é a versão 'rústica' de César Albisetti e Ângelo Jayme Venturelli. Os cantos de caça e de pesca, convém lembrar, são entoados sempre na choupana central, na noite que precede uma caçada ou uma pescaria coletiva. Dessa cerimônia participam as mulheres da aldeia, que são então autorizadas a entrar na casa dos homens para louvar a beleza dos animais. Cada canto tem um chefe, o qual é, segundo os autores da *Enciclopédia bororo*, o indivíduo que inicia e guia o ritual, postando-se de pé e marcando o ritmo com um par de pequenos maracás. Outros índios reforçam o ritmo com um tamboril e instrumentos de sopro".

A pesquisadora Jamille Pinheiro Dias aconselha que "é preciso evitar ao máximo os empobrecimentos na recepção da performance ritual pela escrita alfabética". É preciso também, diz Pinheiro, "tomar consciência de que muitas vezes se estará lidando com 'textos-fontes' que só se tornaram audíveis porque houve um árduo processo de aprendizado físico e intelectual, além de negociações com seres não humanos, donos dos cantos, espíritos mestres de diferentes patamares do cosmos, como nos ensinam os especialistas indígenas da Amazônia". Por tudo isso, a seguinte afirmação recente do escritor e ator Daniel Munduruku causa consternação: "Eu que inventei a literatura indígena, isso não existia, sou pioneiro". Não estaria ele reproduzindo o mesmo discurso do ocidente em relação à "invenção" do teatro?

Nos palcos, os povos indígenas vão aos poucos ganhando protagonismo e canibalizando não só o conceito de teatro ocidental, como também o de dramaturgia, área em que colaboram com autores consagrados. Zé Celso, por exemplo, trabalhava na adaptação de *A queda do céu*, a partir dos relatos de Davi Kopenawa e Bruce Albert (Tradução de Beatriz Perrone-Moisés), antes do acidente que o vitimou. A primeira leitura pública da peça foi apresentada em 2023, na terceira edição do TePI — Teatro e os Povos Indígenas, em São Paulo, com curadoria Ailton Krenak e Andreia Duarte.

Na mesma ocasião foi lançada a *Caixa de Dramaturgias Indígenas* (N-1 edições), organizada por Trudruá Dorrico e Luna Rosa Racaldes. Ela contém 11 textos teatrais, assinados por indígenas de várias partes do Brasil, além de estrangeiros, oriundos do Chile e da Argentina. Algumas dessas peças trazem a colaboração de não indígenas. Segundo as organizadoras, trata-se do "primeiro compilado de dramaturgias dos povos originários publicado no Brasil, até onde sabemos". Dorrico e Recaldes enfatizam o fato de o projeto ser político, uma vez que "o gênero teatro foi utilizados pelos jesuítas, sob o nome de auto, para moralizar e catequizar os povos indígenas. Sabemos que catequizar foi o mesmo que colonizar". Assim, a *Caixa* "propõe uma descolonização acerca das diferenças culturais entre os povos, suas cosmogonias, transmutando a percepção equivocada do ser indígena como único e homogêneo".

Reunindo pequenos livros muito diversos entre si, a *Caixa de Dramaturgias Indígenas* apresenta peças em que o português se mistura com línguas indígenas. A peça "Contra Xawara — Deus das Doenças ou Troca Injusta", de Jução Nyn, é escrita num certo Portyguês que visa colocar o "Português de ponta cabeça, transformando o Y em Oka". O Portyguês é também um "manyfesto lyteráryo e se apropya do alfabeto grego Latyno para fazer a demarcação Yndýgena Potyguara no Português".

Uma boa parte das peças, para usar um conceito ocidental, poderia ser considerada pós-dramática, no sentido dado por Hans-Thies Lehmann: "o novo teatro, de acordo com o que ouvimos e lemos, não é isto, não é aquilo e nem é outra coisa: predomina a ausência de categorias e palavras para a determinação positiva e a descrição daquilo que ele é. Pretende-se aqui levar tal teatro um passo além e estimular métodos de trabalho teatrais que escapem da concepção convencional sobre o que o teatro é ou precisa ser" (tradução de Pedro Süssekind).

A segunda cena de "Silêncio do mundo", dramaturgia de Ailton Krenak e Andréia Duarte, é quase uma conferência de Krenak. Ele conta que, com Davi Kopenawa Yanomami, visitou Atenas (o berço do teatro para muitos). Foram à Acrópole, ao Arco de Adriano e ao Templo de Zeus: "[...] chegamos lá perto do mar Egeu, numa ruína, com aquelas colunas quebradas, com pedra caída para todo lado, restos de antigos templos tombados no chão e um mar lindo à nossa vista". Eles contemplavam a paisagem quando lhes perguntaram o que haviam achado desse lugar. Kopenawa se adiantou e respondeu: "Eu gostei de vir aqui, porque agora eu sei de onde saíram os garimpeiros que vão destruir a minha floresta, fuçar a minha floresta como se ela fosse pó. O pensamento deles está aqui. Eles fizeram isso aqui e foram fazer o mesmo lá onde eu vivo. Eles reviram a terra, eles quebram tudo".

Krenak então comenta que esse cenário em ruínas oferece "a completa compreensão daquele tempo mítico em que os antigos gregos viveram, quando o Olimpo era um lugar de trânsito de seres divinos, bem como da passagem daquele lugar para um lugar histórico, onde você faz monumentos, constrói templos, constrói cidades e faz guerras. É a transição do tempo do mito — tempo em que é possível tudo, em que é possível que os mundos se intercambiem — para um mundo chapado, com uma história linear".

Talvez o rito indígena contemporâneo atualize o vigor das origens do teatro — de todos os teatros — cada vez que uma história viva é encenada numa aldeia, numa praça, num palco...

• • • • •

## BRUZUNDANGA É AQUI!

Lima Barreto (1881-1922), escritor homenageado em 2017 na Festa Literária Internacional de Paraty (FLIP), é autor de sátiras memoráveis, como, por exemplo, *Triste fim de Policarpo Quaresma*, *O homem que sabia javanês* e *Os Bruzundangas*, publicado postumamente, em 1923, que vem à tona com destaque por tratar de temas brasileiros extremamente atuais.

Bruzundanga parece uma palavra inventada, mas, como lembra a estudiosa Cristina Garófalo Porini, ela existe e, de acordo com o *Dicionário Houaiss da Língua Portuguesa*, significa "coisa de pouca valia; confusão; linguagem confusa; coisa malfeita [...]". No livro de Lima Barreto, a palavra dá nome a um país fictício, que, obviamente, nada mais é do que o Brasil de seu tempo e, por incrível que pareça, o de hoje.

*Os Bruzundangas* deveria ser leitura obrigatória para aqueles que pretendem entender a confusa situação política, econômica e social do Brasil contemporâneo. Cada capítulo do livro aborda um determinado aspecto da nação bruzundanga (que é tão nossa!). No capítulo que trata da política e dos políticos do país, lê-se: "A minha estadia na Bruzundanga foi demorada e proveitosa. O país, no dizer de todos, é rico, tem todos os minerais, todos os vegetais úteis, todas as condições de riqueza, mas vive na miséria".

Há momentos, contudo, em que a situação melhora: "Isto dura dois ou três anos; mas, de repente, todo esse aspecto da

Bruzundanga muda. Toda a gente começa a ficar na miséria. Não há mais dinheiro. As confeitarias vivem às moscas; as casas de elegância põem à porta verdadeiros recrutadores de fregueses [...]". Como não lembrar dos altos e baixos do Brasil de sempre?

Sobre os políticos da Bruzundanga, lê-se que a população vive na miséria, "para que, na sua capital, algumas centenas de parvos, com títulos altissonantes disso ou daquilo, gozem vencimentos, subsídios, duplicados e triplicados, afora rendimentos que vêm de outra e qualquer origem, empregando um grande palavreado de quem vai fazer milagres".

E não param por aí as peculiaridades da nação bruzundanguense que se coadunam com as nossas: "Não há lá homem influente que não tenha, pelo menos, trinta parentes ocupando cargos do Estado".

Com tantos problemas na nação, "o ideal de todo e qualquer natural da Bruzundanga é viver fora do país. Pode-se dizer que todos anseiam por isso; e, como Robinson [Crusoé], vivem nas praias e nos morros, à espera do navio que os venha buscar".

De fato, o ideal desse povo é ter um herói que "salve" a Pátria ou justifique "aos olhos do seu povo a existência fácil e opulenta das facções que a têm dirigido". Mas, na terra bruzundanguense, o herói é "uma senhora que nada fez por ela, antes perturbou-lhe a vida, auxiliando um aventureiro estrangeiro que se meteu nas suas guerras civis [...]. Por aí, podem os senhores ver de que estofo são os heróis da Bruzundanga, mas há outros".

Lima Barreto é crítico mordaz e extremamente atual. Revisitar os seus livros talvez abra nossos olhos. Até que ponto?

• • • • •

# FLIP DE OLHOS AZUIS

No Brasil, a literatura nacional, ou, diria, a literatura escrita em língua portuguesa, não merece tanto espaço e destaque na mídia quanto a literatura estrangeira. Basta examinar rapidamente o que se publica em jornais e revistas brasileiros sobre o tema. Nesse sentido, vamos na contramão de outros países, como os Estados Unidos da América e a Inglaterra, que priorizam a literatura local. Em uma conversa com a artista chilena Cecilia Vicuña, radicada há anos em Nova York, ela afirmou, por exemplo, que "os Estados Unidos são o país que menos lê traduções no mundo. Porque é um país que está orientado a pensar somente nele mesmo, somente nos seus interesses. Na cultura do egoísmo o tradutor não tem lugar". Parece que não vivemos a "cultura do egoísmo", o que seria positivo se não vivêssemos também a cultura do colonizado.

Assim, não surpreende que o maior evento literário brasileiro, a Festa Internacional Literária de Paraty (FLIP), queira homenagear a norte-americana Elizabeth Bishop em 2020. A escritora morou no Brasil, embora nunca tenha escrito nada em português. Sua obra, escrita em língua inglesa, foi traduzida oficialmente por aqui pelo experiente tradutor Paulo Henriques Britto.

Como a Flip não é uma festa só para *experts*, ao contrário, é uma festa democrática (até quando?) que acolhe os mais diversos leitores, acredito que, muitos deles, caso se interessem pela obra da Bishop, vão conhecê-la pela voz de Paulo Henriques Britto. Não deveria ser ele também o homenageado da festa, ao lado da autora americana? Essa decisão, sim, seria ousada e estimularia a discussão sobre o estatuto do tradutor como coautor. E também sobre a ética do tradutor, quando ele se depara com posições políticas e pessoais "polêmicas".

A Flip deste ano inovou, como afirma a curadora do festival, Fernanda Diamant, ao escolher uma "autora estrangeira". Diamant sabia das "opiniões polêmicas e contraditória" da escritora sobre o Brasil, mas minimiza destacando que ela o fez em "uma ou duas frases", como esta, aliás: "Reidy também era uma das poucas pessoas sãs com quem Lota tinha trabalhado. Ela jura que todos os homens brasileiros são ligeiramente doidos — as mulheres podem ser sãs, mas infelizmente são retardadas mentais..." (Tradução de Paulo Henriques Britto). Só essa afirmação, a meu ver, já bastaria para indagar a razão dessa homenagem neste momento político tão traumático, em que preconceitos de todas as ordens e regressões têm se tornado uma bandeira ideológica.

A curadora justifica as opiniões políticas de Bishop afirmando que ela era "desinformada" e, em outro momento, cita exemplos de escritores brasileiros que também tiveram opiniões "polêmicas". Seria o velho provérbio às avessas, "um erro justifica o outro"? E se justifica, por que não ouvir e discutir primeiro os autores nacionais com posições conflituosas?

Na falta de um argumento convincente, tem-se apelado aos bodes expiatórios, como a brasileira Maria Carlota Costallat de Macedo Soares, conhecida como Lota e parceira de Bishop. Paulo Henriques Britto afirma que as opiniões da escritora "refletem os juízos de valor" dessa companheira e que Bishop não era uma escritora politizada. Outros afirmam que a turma com a qual ela andava era má companhia.

Resumindo, Lota e a "turma" de Bishop são os bodes expiatórios, os "inocentes livres", como diria René Girard, que carregam os males da humanidade e, por isso, precisam ser expurgados no lugar dos culpados.

Evitar chamar Bishop à responsabilidade por suas próprias opiniões antidemocráticas e preconceituosas a respeito do Brasil é voltar a fazer, como disse René Girard, o que "as comunidades medievais" faziam. Elas "tinham tanto medo da peste que seu próprio nome as horrorizava [...]. Sua impotência era tal que confessar a verdade não era afrontar a situação. [...]. Toda a população se associava prazerosamente a esse tipo de cegueira. Essa vontade desesperada de negar a evidência favorecia a caça dos 'bodes expiatórios'".

Quanto ao fato de Bishop não ser uma escritora politizada, diria que o silêncio dela sobre as questões políticas brasileiras em sua obra reflete a indiferença a tudo o que acontecia à sua volta. Isso por si só é uma posição política.

Na Flip teremos "olhos azuis, nomes ingleses e *remadores*" ("Santarém", poema de Bishop, escrito em 1978).

P.S.: Esta história não terminou bem. Após a renúncia da curadora, optou-se por não homenagear mais a poeta norte-americana. Fez-se outra FLIP, sem homenageada ou homenageado.

• • • • •

## UMA BIENAL PARA FICAR NA HISTÓRIA

Em 2012, recebi um e-mail do crítico de cinema Rubens Ewald Filho convidando-me para participar da Bienal do Livro de São Paulo daquele ano. No espaço organizado por ele, eu deveria falar de nonsense, mais especificamente sobre o nonsense de Edward Lear. Eu havia organizado então uma antologia de textos em prosa e verso do escritor inglês, intitulada *Viagem numa peneira* (Iluminuras). Algumas ótimas resenhas do livro haviam sido publicadas em jornais de circulação nacional.

Li o e-mail umas vinte vezes. Não podia fazer feio. Aceitei o convite com medo, confesso. Mas me preparei para a ocasião, reli tudo o que eu podia reler sobre Lear. Organizei a minha fala, que não podia ser muito longa para dar tempo para as perguntas; precisei fazer um recorte drástico. O ideal seria mostrar imagens, pois, na obra de Lear, textos e ilustrações não se separam; contudo, como fui informada, isso não seria possível; então comecei a pensar em como descrever as imagens do escritor inglês.

Não é sempre que se é convidado para falar numa Bienal, e não é sempre que se é convidado por Rubens Ewald Filho.

Saí de Florianópolis, uma ilha que, como a ilha mítica irlandesa Hy Brasil, só aparece a cada 300 anos; de modo que, daqui a 289 anos, eu espero ser convidada novamente para participar de uma Bienal.

Tudo pago: avião, hotel e um cachê. Minha responsabilidade crescia.

Cheguei a São Paulo com meu filho de 9 anos. Um carro com motorista nos esperava no aeroporto. Na Bienal, me indicaram aonde eu deveria ir. Mas, como eu tinha tempo, passei no estande onde estava o meu marido, Sérgio Medeiros, que na época era editor. Depois de beijinhos e abraços, dirigi-me, com meu filho, ao espaço onde me "aguardavam". Me instruíram a ficar na plateia, na primeira fila, porque, logo após a apresentação de uma peça, baseada nos limeriques de Lear, eu iria falar.

O espaço estava lotado! Sucesso absoluto! Pensei: "Nossa, também querem ver o Rubens Ewald Filho". A essa altura eu me perguntava onde estaria ele.

O fato é que surgiram os atores e assistimos à peça, que foi ovacionada, mas, tão logo as mãos se cansaram, as pessoas abandonaram o local. Ficamos eu, meu filho e um casal novinho, que, quando percebeu que eu iria falar, ficou aparentemente por pena... Uma pessoa se dirigiu a mim e disse: "—Vou mediar a tua fala, mas vamos ver se vem mais gente!". Minha esperança era que o pessoal da peça voltasse, eram muitos atores, uns 15, já estava de bom tamanho. Eles trabalharam com Lear, iriam querer saber o que eu tinha a dizer sobre esse autor. Mas, depois de um tempo, quem apareceu foi o meu marido. O mediador pensou que ele era plateia (não deixava de ser) e achou por bem começar. Ele me apresentou e passou o microfone para mim.

Enquanto eu falava, as pernas do mediador se mexiam sem parar e eu olhava para o casal na plateia. Nisso, meu marido e meu filho saíram (depois soube que meu filho quis ir ao banheiro), mas, por sorte, voltaram logo.

Entre um limerique e outro, lembrei-me de uma peça de Samuel Beckett, *Dias Felizes*, que foi encenada no Teatro Álvaro de Carvalho, em Florianópolis, por Fernanda Montenegro e Fernando Torres, nos idos de 1990. No intervalo da peça, entre o primeiro ato e o segundo, parte significativa da plateia foi embora. Eu e uns gatos pingados ficamos nas nossas poltronas. Fernanda atuou como se nada tivesse acontecido. Ao pensar nisso na Bienal, consegui chegar ao final da minha apresentação. Claro que a minha vontade era estar enterrada, mais ou menos como a personagem de Beckett.

Por fim, ouvi as palmas do casal, do Sérgio e do nosso filho. Não houve perguntas, nem mesmo do mediador. Todos estavam finalmente livres e o meu filho estava com fome. Eu continuava procurando Rubens Ewald Filho na plateia vazia. Já no corredor da Bienal, quem eu encontrei foi o padre Marcelo Rossi, com uma legião de fãs atrás dele. Tomamos fatalmente direções opostas...

• • • • •

## A IDENTIDADE DA CRIAÇÃO

No ensaio "O que são obras-primas e por que há tão poucas?", publicado na primeira metade do século passado, a escritora norte-americana Gertrude Stein afirma que, durante o processo de criação, o autor não tem identidade. E prossegue: "identidade é reconhecimento, você sabe quem você é porque você e os outros lembram alguma coisa sobre si mas principalmente você não é aquele enquanto cria certa coisa. Eu sou eu porque meu cachorrinho me conhece mas, criativamente falando, o cachorrinho sabendo de que você é você e de seu reconhecimento de que ele sabe, eis o que destrói a criação". Essa pós-crítica *avant la lettre* integra o livro *O que são obras-primas?*, de Stein (tradução de Luciana Viégas).

Nos seus ensaios, a escritora usa uma linguagem peculiar, com várias repetições e sem muita pontuação, característica também de sua escrita ficcional. A sua reflexão sobre o papel da identidade do autor na literatura não poderia ser mais atual, quando boa parte da ficção de hoje se fundamenta, ao que parece, justamente nessa identidade. Parece-me que, no nosso país, não foi a escrevivência de Conceição Evaristo que fez escola, a despeito de sua grande influência sobre as novas gerações, mas a autoficção da francesa Annie Ernaux.

O fato é que, depois da tradução das obras de Ernaux, prêmio Nobel de Literatura, e de sua visita ao país no ano passado, quando foi a grande atração da Flip, a autoficção tem se proliferado e chamado a atenção por aqui. Todos têm algo para contar sobre si e sobre o seu entorno, mas bastaria isso para produzir literatura? Stein reflete sobre essa questão. Diz a escritora: "qualquer mulher em qualquer vilarejo ou os homens se você preferir ou mesmo as crianças conhecem tanto da psicologia humana quanto qualquer escritor nessa terra". E conclui que "não é este conhecimento que produz as obras-primas. Não, não e não".

Um conselho de Stein é: "Pense como você cria, se efetivamente cria não se lembra de si enquanto cria. E mesmo o tempo e a identidade, você se refere a eles ao criar, apenas, enquanto cria, eles não existem. Isto é de fato o que ocorre". A escritora alerta ainda que "não há possibilidade de mesclar a outra civilização com a sua própria se você é você e se você é você em sua própria civilização você é capaz de se misturar demais com a sua civilização [...]". Quem realçar uma identidade enquanto escreve, deixaria, segundo Stein, outras culturas de lado, o que seria empobrecedor, no plano artístico.

Certas autoficções poderiam ser consideradas obras-primas, no sentido dado ao termo por Gertrude Stein, mas não se atinge esse nível estético apenas narrando uma história pessoal, é preciso, como a própria Stein reconhece, lidar criativamente com a linguagem, com a forma etc., como fizeram Conceição Evaristo e Annie Ernaux, por exemplo.

*Becos da memória*, cuja publicação foi uma verdadeira odisseia, pois, tal como Ulisses, o herói de Homero, levou 20 anos para chegar a sua casa editorial, conta as lembranças da autora brasileira, mas narra também as lembranças de outras personagens. Diz Conceição a respeito de seu livro: "invento sim e sem o menor pudor. As histórias são inventadas, mesmo as reais, quando são contadas. Entre o acontecimento e a narração do fato, há um espaço em profundidade, é ali que explode a invenção".

Ernaux adota uma prosa econômica, talvez cirúrgica em certos momentos, para descrever eventos complexos, criando, assim, um paradoxo entre forma e conteúdo, o que explicaria, em parte, a sua falta de "estilo".

Vale aqui trazer à discussão uma reflexão de C. S. Lewis, que poderia lançar luz sobre a obra de Ernaux. Em *A experiência de ler*, de 1961, Lewis, ao se referir ao leitor "literariamente iletrado", afirma: "A boa escrita pode incomodá-lo tanto por ser muito enxuta quanto por ser rica em seus propósitos" (tradução de Carlos Grifo Babo), ou seja, ele não fica satisfeito nem com uma nem com outra. Porém, segundo Lewis, os "enunciados em que os fatos são mostrados de forma nua e crua são os mais evocativos de todos" para o "bom leitor".

A proliferação recente de relatos autoficcionais corre o risco, porém, de banalizar esse tipo de escrita, tornando-a insignificante e até mesmo *Kitsch*. O *Kitsch* falsificaria "os efeitos superficiais da arte de invenção, com um objetivo rasteiramente comercial", como afirma José Paulo Paes em *A aventura literária* (1990).

As autobiografias são um "novo movimento literário" no nosso país. Àqueles que não apreciam o gênero, lembro do conselho que William James deu à sua pupila, Gertrude Stein: "Nunca rejeite nada. Nada foi comprovado. Se você rejeita alguma coisa, este é o começo de seu fim como intelectual". A opção pelos fatos em detrimento da imaginação não é inédita na literatura moderna e contemporânea. Nas décadas de 1960 e

1970, por exemplo, ganhou projeção o "Novo Jornalismo". ou o "Romance de Não Ficção", termo criado por Truman Capote para definir seu livro *A sangue frio: relato verdadeiro de um homicídio múltiplo e suas consequências*, de 1966, uma espécie de narrativa documental sobre um crime bárbaro que chocou a sociedade norte-americana em 1959.

Para o leitor interessado em autobiografias, há algumas bem-sucedidas, além das já mencionadas. Citaria *A redoma de vidro*, de Sylvia Plath, e *A autobiografia de Alice B. Toklas*, de Gertrude Stein, que foi escrita por ela, mas se apropriando da voz (identidade) de Toklas, sua companheira — a narradora do livro não conta a sua vida, mas a de Stein. A autora de *Três vidas* parece ter seguido mais uma vez o conselho de William James, que lhe dizia: "complique a sua vida o máximo que lhe agrade, isso é conseguir a simplicidade".

Há também as autobiografias completamente falsas, que fazem de certa forma uma crítica a esse modelo de escrita. Esse é o caso do humoradíssimo *Papéis de Maria Dias: Memórias Pósteras*, de Luci Collin (cujo nome de batismo é Luci Maria Dias Collin). Mas não pense o leitor que encontrará algo da vida da escritora nessas memórias forjadas ou futuras. Como ela mesma esclarece, são "Escritos que jamais pretenderam ter valor literário querendo ser apenas registro despretensioso de momentos maiores e menores na existência de uma Maria Dias. Matematicamente falando ela teve mais momentos menores na vida do que o contrário, mas acredita-se que isso segue um padrão de normalidade suportável".

• • • • •

## UM TÍTULO A SER ESCLARECIDO

A nova tradução de *To the Lighthouse*, da escritora inglesa Virginia Woolf (1982-1941), assinada por Paulo Henriques Britto e publicada pela Penguin-Companhia das Letras (2023), ainda estava em pré-venda quando suscitou uma discussão a respeito do título do romance em português, *Passeio ao farol*. Anteriormente, o livro foi traduzido no Brasil com títulos diversos, entre eles, *O farol*, *Rumo ao farol*, *Passeio ao farol* e *Ao farol*. Esse último foi a opção de dois tradutores experientes, Denise Bottmann e Tadeu Thomaz da Silva, os quais já se debruçaram sobre outros textos da escritora.

Diante da escolha de Britto, outro grande tradutor, houve quem afirmasse que *Passeio ao farol* seria sem dúvida a "melhor tradução", pois *Ao farol* pareceria algo "muito vago". Essa afirmação taxativa foi contestada por Denise Bottmann em um texto esclarecedor no qual ela afirma que "o 'to' em *To the Lighthouse* nada tem de vago: é denso e até pode ser ambíguo — é não só nem principalmente uma ida de bote (um "passeio") até o farol físico, mas sobretudo uma dedicatória!". Isso porque, prossegue a tradutora, "o farol não é só nem principalmente o farol da ilha que se enxerga da casa do casal Ramsay. É sobretudo a grande, centralíssima, ponderosíssima metáfora do papel da senhora Ramsay como o 'farol' da família, que ilumina, orienta e vitaliza as relações entre seus integrantes".

A crítica a essas opções de tradução tem sido, por vezes, ligeira e inconsequente. Parece que basta o gosto pessoal para avaliar, positiva ou negativamente, um trabalho inteiro de tradução. Já houve casos em que frases tiradas do contexto, que devam a falsa impressão de não terem sido traduzidas "apropriadamente" na língua de chegada, servissem para desqualificar toda a empreitada tradutória.

Num ensaio intitulado *Titre à preciser* (Título a determinar), Jacques Derrida faz a seguinte ponderação: "Ao anunciar 'título (a determinar)' para esta conferência, faço uma promessa, mas qual?". E prossegue afirmando que o título escolhido é como um cheque em branco, um lugar vazio para o verdadeiro título que surgirá. Esse título "verdadeiro", para funcionar a contento, deverá se conformar ao seu propósito ou, o que dá no mesmo, o propósito deverá se conformar ao título. Portanto, os títulos seriam sempre fundamentais para compreender a abrangência da obra, em todos os seus níveis de sentido.

O título de outro romance inglês recém-publicado, *The Hearing Trumpet*, de Leonora Carrington, instiga essa discussão. Na recentíssima publicação pela Alfaguarra, o livro de Carrington foi intitulado *A corneta*, mas *Hearing Trumpet* tem uma dupla conotação, pois se refere tanto a um aparelho que, no século XIX, ajudava na audição e era chamado de trombeta ou corneta auditiva, quanto às trombetas do Apocalipse. Ao longo de todo o romance esse paralelo com o texto bíblico é destacado e explorado.

Essa opção tradutória me fez lembrar da introdução de Millôr Fernandes à sua tradução de *As eruditas*, de Molière, onde ele afirma: "*Les femmes savantes*, esta peça de Molière, tem sido levada no Brasil com o grosseiro título de *As Sabichonas*. O mínimo que se pediria na tradução é preservar a ambiguidade. Se você atribui a uma mulher, ironicamente, ser *erudita*, sempre poderá se dirigir a ela, *elogiosamente*: 'Aceite minha admiração, madame, a senhora é uma admirável erudita'. Poderá o leitor encarar a mesma senhora dizendo-lhe: 'Não conheço sabichona igual'? E tua graça, Molière? Se a tradução começa com esse título — jamais contestado, aliás, exceto pelo orador que vos fala — imaginem aonde vai o resto".

A tradução do livro de Carrington ficou a cargo de Fabiane Secches, mas, convém lembrar, nem sempre os tradutores têm total liberdade para escolher o título que constará na capa do volume. Quando a tradução de Britto de *The Animal Farm*, de George Orwell (mais um autor inglês), saiu anos atrás sob o título *A Fazenda dos animais* (Companhia das Letras), ele afirmou que o título havia sido uma escolha editorial, mas que concordava com essa opção por motivos literários e políticos. O livro até então era conhecido no Brasil por *A revolução dos bichos*. Bottmann, que também traduziu o livro e o publicou na mesma época, optou coincidentemente por *A fazenda dos animais* (L&PM).

O fato é que, às vezes, a escolha de títulos de livros dá lugar ao apelo comercial em detrimento da conexão com a obra, como aconselhava Derrida. Quando o título da tradução aparentemente não interfere no contexto da obra, o apelo comercial ou publicitário não seria tão problemático. Que diferença faz traduzir *Ulysses*, de James Joyce, por *Ulisses* ou *Ulysses* (forma arcaica em português)? Esse nome próprio, Ulisses, não aparece no enredo do romance, mas não é ocioso ou inócuo: Joyce quis fazer menção ao herói da *Odisseia*, de Homero, para destacar a ressonância mítica da sua obra, a partir do título. *Ulysses*, da Companhia da Letras, na tradução de Caetano Galindo, é o único livro, das três traduções para o português, que manteve o y do original e aludiu assim à antiga ortografia portuguesa. Segundo declaração do tradutor, foi uma escolha editorial, talvez para diferenciar essa última tradução das anteriores.

*La Cantatrice Chauve*, do romeno naturalizado francês Eugène Ionesco, que conhecemos como *A cantora careca*, poderia ser traduzida por *A soprano careca*. Em inglês, aliás, a peça é conhecida como *The Bald Soprano* (*A soprano careca*). Soprano ou cantora, na peça de Ionesco só há uma breve menção a essa personagem, e totalmente fora de contexto. Portanto, o tipo de cantora que ela é não significaria nada para a peça, ou melhor, apenas destaca a arbitrariedade do título, ressaltando ainda mais o seu caráter absurdo.

Há ainda os títulos que não costumam ser traduzidos, por exemplo, *Popol Vuh*. De acordo com Gordon Brotherston, que traduziu a cosmogonia maia-quiché para o português com Sérgio Medeiros, publicada pela Iluminuras, "'pop' significa esteira trançada, assento da autoridade e conselho, mas é também o nome de uma festa anual [...]. 'Vuh' significa simplesmente livro". Uma tradução possível seria Livro do Conselho, mas os estudiosos têm preferido manter o título no original, como fez também Josely Vianna Baptista, em edição da Ubu. O mesmo acontece com *Ayvu Rapyta*, que relata, como diz a estudiosa e tradutora Joana Vangelista Mongelo, "o início do mundo guarani e o fundamento da palavra". O título poderia ser traduzido, explica Mongelo, por "o fundamento da palavra, o início da língua, a criação da língua ou o início da língua guarani (*Ayvu*: fala, *Nhepur* : o início)".

Há ainda aqueles títulos que são traduzidos, mas vêm acompanhados do título original, como é o caso, por exemplo, de *Finnegans Wake*, do escritor irlandês James Joyce. Donaldo Schüler, que traduziu o romance na íntegra, acolheu a proposta de Haroldo e Augusto de Campos e intitulou a sua versão, que saiu pela Ateliê, de *Finnicius Revém*, porém *Finnegans Wake* antecede esse título em português. Na tradução de *Finnegans Wake* do Coletivo Finnegans, do qual faço parte, optou-se, com o aval do editor Samuel León, da Iluminuras, por um título "híbrido": *Finnegans Rivolta*, o qual, porém, não passou incólume e recebeu críticas de leitores que gostariam de ver o título em inglês precedendo essa tradução, sob a alegação de que ficaria mais claro de que obra se tratava.

Há ainda aqueles títulos que, modificados no original e na tradução para se encaixarem no "politicamente corretos", revelam o que deveria ter sido guardado em sigilo até as últimas páginas do livro, como sucede com o agora intitulado *E não sobrou nenhum*, de Agatha Christie, cujo título original era *Ten Little Indians*, conhecido aqui como *O caso dos dez negrinhos*.

• • • • •

## UMA LONGA CONVERSA

A literatura negra vem ganhando cada vez mais destaque dentro e fora no Brasil e conquistando merecido espaço nos suplementos culturais: Conceição Evaristo, Chimamanda Ngozi Adichie, Paulina Chiziane, Octavia Butler, Audre Lorde, Jeferson Tenório, Amanda Gorman, entre outros. No início de 2020, o *The New York Times* anunciava a tradução para o inglês de *Úrsula*, de Maria Firmina dos Reis, considerada a primeira romancista negra brasileira, assinada por Cristina Ferreira Pinto-Bailey.

De fato, é uma literatura potente que tem alcançado leitores de diferentes raças, gêneros, culturas etc. Mas quem pode falar sobre ela ou quem pode falar sobre o quê?

Tornou-se "difícil" discutir qualquer assunto. Em primeiro lugar, porque, parece-me, desaprendemos a arte do diálogo; em segundo lugar, porque talvez não estejamos entendendo muito bem o significado de "lugar de fala", uma das primeiras barreiras para encetar uma conversa ampla. Nesse sentido, o livro *O que é lugar de fala?*, de Djamila Ribeiro, publicado em 2017 e com acesso gratuito on-line, é fundamental.

Segundo a filósofa e escritora brasileira, "um dos equívocos mais recorrentes que vemos acontecer é a confusão entre lugar de fala e representatividade. Uma travesti negra pode não se sentir representada por um homem branco cis, mas esse homem branco cis pode teorizar sobre a realidade das pessoas trans e travestis a partir do lugar que ele ocupa". Aliás, prossegue Ribeiro, "não pode haver essa desresponsabilização do sujeito do poder"; é preciso também que esse sujeito do poder se pense, pois, conclui a escritora, citando Rosane Borges, "saber o lugar de onde falamos é fundamental para pensarmos as hierarquias, as questões de desigualdade, pobreza, racismo e sexismo".

Por outro lado, Ribeiro se pergunta: "Quando existe algum espaço para falar, por exemplo, para uma travesti negra, é permitido que ela fale sobre Economia, Astrofísica, ou só é permitido que fale sobre temas referentes ao fato de ser uma travesti negra?".

Em 2021, o SELCS Brazilian Translation Club, em parceria com a University College London (UCL), o Escritório Modelo de Tradução Ana Cristina César (Universidade do Estado do Rio de Janeiro) e a Festa Literária das Periferias, promoveu uma série de *workshops* sobre literatura afro-brasileira contemporânea. Já passaram por essa oficina, por exemplo, Cuti, Geovani Martins e Conceição Evaristo. Nesses encontros, com maioria de participantes brancos, todos falam sobre tudo e, tão importante quanto, todos estão dispostos a ouvir. Eles parecem estar cientes, como afirmou Toni Morrison, que "as fontes que temos à nossa disposição para o acesso gentil uns aos outros, para transpor o mero ar azul que nos separa, são poucas, porém poderosas: a linguagem, a imagem e a experiência [...]. A linguagem (dizer, escutar, ler) pode incentivar, ou mesmo exigir a entrega, a eliminação das distâncias que nos separam".

Quando eliminamos as distâncias, porém, corremos o risco de "sentir empatia pelo estrangeiro", como diz Morrison, e "sentir empatia pelo estrangeiro é a possibilidade de se tornar estrangeiro. Perder o próprio status racializado é perder a própria diferença, valorizada e idealizada" (tradução de Fernanda Abreu), conclui a escritora.

Portanto, se por um lado é preciso reconhecer que partimos de lugares diferentes, por outro lado é preciso conhecer o lugar do "outro" para tentar eliminar ou minimizar a distância. Esse conhecimento vem por meio da leitura e da troca de experiências constante entre "desiguais". Falar só para o "nosso" grupo não amplia, a meu ver, a discussão, mas tende apenas a reverberar o que já pensamos e conhecemos. Para Djamila Ribeiro, promover uma multiplicidade de vozes tem também por objetivo "quebrar com o discurso autorizado e único, que se pretende universal. Busca-se aqui, sobretudo, lutar para romper com o regime de autorização discursiva".

A pensadora brasileira lembra que as discussões em redes sociais, ainda que importantes, não deveriam se valer de frases como "fique quieto, esse não é seu lugar de fala", as quais, sem ter uma base crítica e teórica, criam apenas uma "polêmica vazia".

A propósito das polêmicas vazias, elas não devem se confundir ou obscurecer reivindicações legítimas. Muitos estudiosos lembram, contudo, que quando as pessoas negras postulam suas posições e opiniões na sociedade, elas são vistas como separatistas, que pensam apenas no seu próprio mundo. Isso porque as pessoas brancas se têm como universais e, desse modo, "insistem em falar pelos outros, quando, na verdade, estão falando de si ao se julgarem universais", conclui Ribeiro.

Essa pretensa "universalidade" dos brancos tem relação, é claro, com a posição privilegiada que ocupam na sociedade, que lhes "permite" ditar o que é ou não a regra. O caminho é longo e a abertura para o diálogo ainda é tímida, mas não por falta de bibliografia (citei apenas duas) para embasá-lo.

• • • • •

## LOBATO GOELA ABAIXO

Não é nada fácil falar da vida e da obra de Monteiro Lobato, repletas de paradoxos, como bem apontou Cilza Bignotto em seu texto publicado em 21 de fevereiro de 2021 na *Folha de S. Paulo*. Em razão disso, a pesquisadora adverte para a necessidade de se discutir Lobato além da "epiderme"; é preciso, conclui, entender as "terminações nervosas" e "aumentar e aprofundar o escopo, se desejamos avançar".

Partindo dessa premissa, acredito que a autora poderia ter desenvolvido a sua análise do romance *O presidente negro* (1926), escrito, segundo a historiadora Pietra Diwan, "com a esperança de sucesso no 'estrangeiro'", de se tornar um *best-seller*, mais especificamente, nos Estados Unidos da América. Um ano após concluir o romance, originalmente intitulado *O choque das raças*, Lobato seguiu para Nova York como adido comercial no consulado brasileiro. Mas nem o corpo a corpo ajudou o escritor a lançar seu livro em língua inglesa.

Na terra de Ford, a obra foi desprezada, o que não aconteceu por aqui. De acordo com Bignotto, o romance foi enaltecido no Brasil, inclusive por um jornal "negro", "Alvorada", que destacava "o fato de o ilustre intelectual [...] ter também se ocupado dos negros" e ter doado seu livro à biblioteca da Associação dos Negros Brasileiros.

Obviamente, pode-se pensar em *O presidente negro* como uma distopia, advertindo os perigos dos discursos racistas, como destaca Bignotto, que complementa a análise com a tese de que talvez Lobato e a Associação dos Negros Brasileiros o entendessem assim. É possível (por que não?) que tenha sido esse o entendimento da Associação dos Negros Brasileiros, mas certamente não era essa a intenção de Lobato ao escrever o romance; muito pelo contrário.

Numa carta enviada por Lobato a Renato Kehl, médico, intelectual e um dos nomes mais relevantes do movimento eugênico brasileiro, o escritor declara o seguinte: "Renato, Tu és o pai da eugenia no Brasil e a ti devia eu dedicar meu *Choque* [como chamava seu romance], grito de guerra pró-eugenia. Vejo que errei não te pondo lá no frontispício, mas perdoai a este estropeado amigo. [...]. Precisamos lançar, vulgarmente estas ideias. A humanidade precisa de uma coisa só: poda. É como vinha. Lobato."

De acordo com Pietra Diwan, esse documento pertence a uma coleção de cartas de Lobato do Fundo Renato Kehl, do Centro de Documentação da Fundação Oswaldo Cruz, no Rio de Janeiro. O livro de Lobato foi dedicado, contudo, a outros dois nomes, Arthur Neiva e Coelho Neto, atuantes também na rede de relações eugenistas, destaca a historiadora.

São questões como essas que se colocam ao lado de elogios rasgados ao homem Lobato, autor de livros clássicos para crianças e homem sempre além de seu tempo.

A biografia de Monteiro Lobato talvez possa esclarecer algumas de suas posições. O avô de Lobato era proprietário de terras e a abolição da escravatura aconteceu em 1888. Nessa época o escritor tinha seis anos e possivelmente ouviu muitas histórias do avô, do qual herdou propriedades que lhe permitiram uma vida de conforto.

Desse contato com a vida no campo, nasce o personagem Jeca Tatu, que Edgard Cavalheiro chamou de "vingança do fazendeiro fracassado".

Em um ensaio intitulado "Monteiro Lobato hoje: ponto e vírgula", Silviano Santiago recorda que, a respeito de Jeca Tatu, Sérgio Milliet fincou com precisão o punhal na ferida ao afirmar que "o Jeca Tatu é quase uma vingança pessoal; é o caboclo visto com o olhar azedo do fazendeiro malogrado". Independentemente disso, o livro *Urupês*, que traz as desventuras desse personagem, virou *best-seller* e foi lido por aqueles que Lobato "julgava serem os jecas-tatus da vida", de acordo com Santiago.

O personagem Jeca Tatu surge em 1914. Dois anos depois Lobato passou a viajar pelo interior com o diretor do Serviço Sanitário paulista, Arthur Neiva, e assumiu então um olhar mais "científico" acerca dos problemas médicos e sociais de que eram vítimas os "jecas-tatus" de que outrora ele zombara. Lobato mudou de opinião e seu personagem passou de inferior "a vítima, a paciente esquecido por um governo omisso e irresponsável", como destaca Diwan.

Quanto ao Saci, mencionado no texto de Bignotto, vale lembrar que nas lendas orais ele não é apenas "maldoso, monstruoso, filho do demônio", como afirmou a pesquisadora. *Poranduba Amazonense*, de João Barbosa Rodrigues, relata, por exemplo, as diversas metamorfoses pelas quais o mito do Saci passou. Segundo Rodrigues, "Saci significa mãe das almas, como bem interpretou Baptista Caetano (hang-h-aça), e que concorda perfeitamente com as crenças amazônicas, onde tudo em todos os reinos da natureza tem uma mãe (cy)". Acredito, aliás, que a disseminação da lenda do Saci (como herói ou não) entre adultos e crianças não se deva tanto ao livro *O Saci* de Lobato quanto à vitalidade da literatura oral brasileira, que, como se sabe, inspirou o escritor.

No que diz respeito à obra de Lobato para crianças, talvez devêssemos ouvi-las também para saber o que acham desses livros que leem em casa e na escola. Seria importante, sobretudo, ouvir a impressão das crianças afro-brasileiras para avaliar o impacto de determinadas frases de Lobato, que, mesmo dentro de um contexto de época, são racistas.

Marilene Felinto, em texto publicado recentemente também no jornal *Folha de S. Paulo*, contou a sua experiência traumática com "Negrinha" numa escola pública de São Paulo. A discussão deveria passar por aí, pelas crianças e pelos adolescentes; a nós, adultos, caberia ouvir e contra-argumentar sem impor nossa experiência a eles. Não se pode enfiar Monteiro Lobato nem quem quer que seja goela abaixo dos leitores.

Trago essas questões apenas para examinar outras "terminações nervosas", numa proposta de diálogo com o texto de Bignotto.

• • • • •

## UMA ESTÁTUA EM ESPAÇO PÚBLICO E UMA OBRA EM MOVIMENTO

Carolina Maria de Jesus já faz parte do nosso cânone literário. Em 2021, *Casa de Alvenaria* foi publicado por uma das maiores editoras do país, a Companhia da Letras; a escritora é hoje lida e estudada nos colégios e nas universidades e tem sido tema de dissertações, de teses etc. Entre 2021 e 2022, ganhou uma exposição, *"Carolina Maria de Jesus: Um Brasil para os brasileiros"*, no Instituto Moreira Salles, em São Paulo.

Pode-se dizer que a indústria cultural a elegeu e transformou num de seus produtos mais visíveis e vendáveis a partir desse momento. Aqui vem à tona uma discussão bastante importante sobre um aspecto da sua obra, a ortográfica. Sabe-se que quando a ortografia, que pode ser muito pessoal, não é atualizada, ela acaba sendo lida como "exotismo", que é um dos combustíveis mais úteis à indústria cultural. Contudo, no caso dos textos de Carolina, a questão é bastante complexa, pois o "pretuguês" (a influência das línguas africanas na língua portuguesa) estaria presente na fala e nos textos da escritora.

Se na primeira publicação de *Quarto de Despejo*, a ortografia de Carolina foi parcialmente atualizada, nos dois volumes de *Casa de Alvenaria* o conselho editorial, formado por mulheres negras, optou por não o fazer. É uma escolha, como qualquer outra, mas talvez o leitor merecesse uma explicação mais alentada sobre ela, que desse detalhes, por exemplo, das marcas do "pretuguês" no texto de Carolina. Lembro, todavia, que nem tudo que se escreve fora das normas da língua é "pretuguês". Não haveria momentos em que a sua escrita apenas se desviou da norma-padrão da língua sem que Carolina tivesse consciência disso?

Uma interpretação equivocada e rápida do "pretuguês" acaba, a meu ver, apenas legitimando a incompetência ou o descuido linguístico de pessoas que não são, muitas vezes, propriamente artistas.

Carolina leva para as páginas de seu livro as marcas de uma linguagem oral; isso é interessante e, acredito, não deveria ser modificado: há palavras nas quais ela troca o "e" pelo "i", como a gente fala, ou dois esses pela letra cê. Porém, há marcas que não acrescentam nada à discussão da sua linguagem e não dignificam seu texto. Alguns acentos, por exemplo, em palavras como "doutôr", não parecem uma marca de oralidade. O acento em "doutôr" seria por influência de alguma língua africana na forma escrita?

Ao final dos dois volumes de *Casa de Alvenaria*, lê-se: "Grafia está atualizada segundo o Acordo Ortográfico da Língua Portuguesa de 1990, que entrou em vigor no Brasil em 2009." Quer dizer então que os paratextos, que foram escritos por autoras negras, foram revisados e não adotaram o "pretuguês"? Não há problema nisso, mas seria interessante saber o porquê de os textos das organizadoras terem passado pela revisão ao passo que o de Carolina Maria de Jesus não.

Um texto mais encorpado sobre essas questões nas edições de *Casa de Alvenaria* esclareceria muitos questionamentos do leitor. Vale lembrar que o livro não é apenas para um nicho de leitores, ou não deveria ser. Além disso, esses debates são importantes e mostram o quanto a Carolina é lida por diferentes leitores e o quanto ela, como grande escritora, ainda intriga a crítica.

A professora Regina Dalcastagnè, da Universidade de Brasília, levantou nas redes sociais uma instigante discussão sobre a atualização da ortografia de Carolina Maria de Jesus, mas logo tentaram silenciá-la sob o argumento de que Dalcastagnè não tinha o "lugar de fala". Se não se pode falar sobre uma obra, se não se pode discuti-la, por que então ela deveria ser lida?

Tem-se alegado que a discussão sobre a ortografia de Carolina só teria vindo à tona porque ela seria uma escritora "excluída". Mas, hoje, isso não é mais verdade. Tem-se, também, e apropriadamente, comparado Carolina a Guimarães Rosa, pois ambos se valem de uma linguagem bastante particular. A diferença entre os escritores estaria, a meu ver, no grau de consciência do uso da língua. Isso não diminui a potência do texto de Carolina.

Acredito que seus livros deveriam ser lidos e relidos; aliás, se já tivéssemos feito isso, certamente nossa compreensão da situação brasileira atual seria outra.

Em 1955, em *Quarto de despejo*, Carolina alertava: "A democracia está perdendo os seus adeptos. No nosso paiz tudo está enfraquecendo. O dinheiro é fraco. A democracia é fraca e os políticos fraquíssimos. E tudo que está fraco morre um dia".

Carolina tinha uma lucidez e uma postura crítica raras.

No que diz respeito ao tema, diria que a sua obra talvez pudesse ser comparada a *Vidas Secas*, de Graciliano Ramos, mas é só uma opinião de minha parte; a prosa de Carolina Maria de Jesus parte, isso é certo, da *escrevivência*, para usar um termo de Conceição Evaristo, que afirma: "A nossa escrevivência não pode ser lida como histórias para 'ninar os da casa-grande' e sim para incomodá-los em seus sonos injustos".

Basta um primeiro contato com a escrita de Carolina para saber que se está diante de uma grande escritora, que tem o que dizer, tem um mundo a nos apresentar e uma forma própria de narrar aquele mundo. Em *Quarto de despejo*, lê-se: "Eu cato papel, mas não gosto. Então eu penso: Faz de conta que eu estou sonhando". Sua obra é feita também de pequenos poemas como esse.

Carolina tinha muita consciência de que era uma escritora e uma contadora de histórias: "Vou escrever um livro referente a favela. Hei de citar tudo que aqui se passa. E tudo que vocês me fazem. Eu quero escrever o livro, e vocês com estas cenas desagradáveis me fornece os argumentos".

Além disso, tinha também um repertório literário: "Não sei dormir sem ler. Gosto de manusear um livro. O livro é a melhor invenção do homem".

Há muito que se discutir sobre a obra de Carolina, e os seus leitores querem participar da discussão; isso não significa trazer uma verdade ou determinar uma única forma de se aproximar de sua obra, mas sim abri-la para novas possibilidades, para novas conjecturas que são essenciais para mantê-la viva. A imagem de Carolina como momento em espaço público é fantástica, mas sua obra não pode se manter estática diante dos nossos olhos.

• • • • •

# O LIVRO INFANTIL E O MERCADO

Em setembro de 2021, *Abecê da liberdade: a história de Luiz Gama, o menino que quebrou correntes com palavras*, de José Roberto Torero e Marcus Aurelius Pimenta, com ilustrações de Edu Oliveira, publicado pela Companhia das Letrinhas, foi tema de uma reportagem do site UOL. Nela, leitores e pesquisadores afirmavam que o livro romantizava um período de "terror da história do Brasil", o da escravidão; portanto, seu conteúdo era, entre outros adjetivos, chocante, constrangedor e problemático.

Tão logo a Companhia da Letrinhas tomou conhecimento das críticas, publicou uma nota lamentando o ocorrido e informando que o livro já havia sido recolhido e não seria mais comercializado.

A notícia e os comentários, inclusive de uma anônima identificada na reportagem como uma "mulher branca", talvez para reforçar que o desagrado era geral, se espalhou como rastilho de pólvora e, em poucas horas, a polêmica invadiu as redes sociais com opiniões que faziam coro com aquelas publicadas no site.

Praticamente uma única página de *Abecê da liberdade* ilustrava a posição dos internautas: nela, o menino Luiz Gama e outras crianças negras brincam no porão de um navio que os levava da Bahia para o Rio de Janeiro, onde seriam vendidos. Em um excerto do texto que acompanha a ilustração, lê-se: "Eu, a Getulina e as outras crianças estávamos tristes no começo, mas depois fomos conversando, daí passamos a brincar [...]. Nem parecia que íamos ser comprados por pessoas brancas e trabalhar de graça para elas até a morte. Mas podia ser nossa última chance de brincar. Então brincávamos".

Eis o início de uma discussão que se desdobra em muitas outras e que vai além do conteúdo desse livro particularmente. Parece-me que seria preciso refletir também sobre o que entendemos por literatura infantil.

Os livros para crianças, de um modo geral, são entendidos como livros "ágeis", "curtinhos", "fáceis" de ler e, de preferência, "divertidos", ou seja, devem desviar de temas polêmicos que possam causar algum desconforto no leitor, sobretudo no leitor adulto, que é quem, na maior parte das vezes, escolhe e compra os livros para as crianças.

O fato é que a literatura infantil que almejamos para as crianças costuma andar em descompasso com o mundo real. Parece ingenuidade pensar que uma criança não possa ler um conto de Edgar Allan Poe, por exemplo, porque encontrará muita violência e temas inapropriados para a sua idade, como morte, assassinato etc. As crianças estão expostas a violências na vida diária delas, nos noticiários da televisão etc. Essas são violências do mundo real que precisam ser discutidas tanto quanto, ou mais, que as violências ficcionais. Talvez um dos equívocos de *Abecê da liberdade* tenha sido o de tentar escapar de questões complexas e indigestas (para os pais, sobretudo) que cercam um tema tão complexo e doloroso como o do período da escravidão no Brasil.

Ou, talvez, os autores de *Abecê da liberdade* tenham sido apenas ingênuos. Nesse sentido, poderia compará-los ao personagem Bruno, do livro *O menino do pijama listrado*, de John Boyne. Bruno não entende por que o amigo judeu Shmuel, preso em um campo de concentração, não brinca: "'Há muitos outros meninos do seu lado da cerca?', perguntou Bruno. 'Centenas', disse Shmuel. Os olhos de Bruno se arregalaram. 'Centenas?', ele disse estupefato. 'Não é justo. Deste lado da cerca não há ninguém com quem brincar. Nem uma única pessoa.' 'Nós não brincamos', disse Shmuel. 'Não brincam? Mas por que vocês não brincam?' 'De que brincaríamos?', perguntou ele, seu rosto parecendo confuso só de pensar na ideia".

No livro de Boyne, publicado pela Companhia das Letras (não das Letrinhas!), em tradução de Augusto Pacheco Calil, há, pelos menos nas edições on-line que consultei, um alerta: "Caso você comece a lê-lo, embarcará em uma jornada ao lado de um garoto de nove anos chamado Bruno (embora este livro não seja recomendado a garotos de nove anos)". Parece-me que a editora referenda a ideia de que livros para crianças devam ser, de fato, menos elaborados e ambiciosos.

A respeito da literatura infantil, vale aqui citar Cecília Meireles, para quem "não basta juntar palavras para se realizar uma obra literária".

Nessa discussão em torno de *Abecê da liberdade*, chamou-me a atenção ainda a quantidade de comentários sobre o conteúdo do livro que surgiram em pouquíssimo tempo na internet: ou essas pessoas já haviam lido a obra antes e só naquele momento se sentiram à vontade para tornar suas considerações públicas, ou entraram na discussão sem conhecer o objeto que lhes deu ensejo, o livro. Aliás, tenho a impressão de que ninguém se incomoda mais em conhecer a fundo conteúdo algum para, só então, entrar nos debates do momento. Bastam alguns pontos de vista para que as pessoas passem a aderir ou não a determinada ideia e a reproduzi-la nas redes sociais; não viramos vítimas de *fake news* à toa.

Diante dessas discussões, decidi comprar o livro — sim, ele segue sendo comercializado fora do site da editora —, para entender melhor a controvérsia. Até então, sabia apenas que *Abecê da liberdade* contava a vida do brasileiro Luiz Gonzaga Pinto da Gama (1830-1882), filho de uma negra africana livre e de um fidalgo branco. Ele foi jornalista, escritor e abolicionista e Patrono da Abolição da Escravidão do Brasil. Figura importantíssima, Luiz Gama conseguiu ser ofuscado pela polêmica em torno da cena no porão do navio. Em meio ao debate apressado na internet, chegou-se inclusive a afirmar que a cena no navio descrevia a vinda do protagonista para o Brasil, apontando um erro grosseiro no livro, porém, lembrou uma internauta esclarecida, Luiz Gama era brasileiro. Ocorre que, no livro, o navio parte da Bahia em direção ao Rio de Janeiro, tal como aconteceu de fato com o abolicionista.

Quem teve a chance de ler *Abecê da liberdade* deve ter se detido também no texto de orelha do livro, que adverte para o fato de que ele faz parte da coleção "Historinhas do Brasil", a qual "tem sabor de aventura" e foi feita "especialmente para crianças" (voltamos à discussão acima), "além disso, inúmeras ilustrações se entrelaçam ao texto tornando a leitura ainda mais divertida. E ao final de cada livro, os autores explicam direitinho o que eles inventaram e o que realmente aconteceu". O objetivo do livro era "divertir", embora o tema não seja absolutamente "divertido". Nesse sentido, os autores cumpriram com o previsto.

Mas, em defesa da obra, há que se levar em conta que se trata de ficção, ou melhor, que parte da história é criação, o que permite aos autores tomarem uma série de liberdades. Eles inventaram, por exemplo, uma das personagens, a Getulina, que protagoniza, com seu amigo Luiz Gama, um dos episódios mais chocantes do livro, ao contrário da passagem festiva e controversa no porão do navio. A menina era escrava, e seu dono, por ela ter chegado tarde em casa, manda gravar a letra inicial de seu sobrenome na sua testa: "Então ele mandou que os capatazes segurassem a Getulina e esquentou um ferro que tinha a letra 'A' na ponta. Quando minha amiga estava dominada, ele encostou o ferro na testa dela. [...] Eu corri para ajudar a Getulina, mas era muito pequeno. Levei um tapa de um dos capatazes e caí de lado. Mesmo tonto, peguei um pau e avancei contra eles. Dessa vez levei um pontapé do outro capataz. Fui parar longe".

Portanto, parece-me complicado julgar o livro apenas por uma passagem, um fragmento do enredo.

Outro aspecto não menos importante nessa discussão diz respeito ao fato de a editora ter tirado o livro de circulação, promovendo a censura da obra e deixando algumas perguntas no ar: todo livro criticado será tirado do mercado? Por que, em vez da censura, a editora não promoveu o debate? Por que não chamou para uma conversa historiadores, professores de literatura, os autores e o ilustrador do livro etc.?

Tão chocante quanto ter se esquivado da discussão por meio da censura foi ter alegado que a reimpressão fora feita automaticamente, sem releitura interna, colocando a culpa na primeira editora do livro (o selo Alfaguara da Editora Objetiva), nos autores e no ilustrador da obra.

Será que os editores responsáveis pelo catálogo da Companhia das Letrinhas, como diz a nota, estão "dispostos e abertos a aprender com esse processo"? Parece-me que censurar o livro põe apenas uma pá de cal na discussão.

• • • • •

## QUANDO A LITERATURA É CALADA

O que levou o Ocidente a "banir" os artistas russos depois da invasão da Ucrânia ordenada por Putin? Toda essa polêmica sobre a recepção atual dos escritores russos ocorre justo quando o romance *Tchevengur* (tradução de Maria Vragova e Graziela Schneider), do escritor Andrei Platônov (1899-1951), chega pela primeira vez em língua portuguesa.

Sabe-se que, em geral, são os artistas os primeiros a denunciar os abusos, os autoritarismos e as injustiças. Anton Tchekhov (1860-1904), por exemplo, conheceu a censura em seus país, que aumentara depois do assassinato do imperador Alexandre II em 1881, mas conseguiu, em suas sátiras, denunciar a corrupção estatal, os funcionários públicos, os carreirismos etc. Daniil Kharms (1905-1942), outro grande autor russo, foi perseguido por anos em sua terra natal, e parece-me absurdo que seja outra vez censurado no século XXI. Na guerra de silenciamento da arte russa, o Ocidente parece encarnar o personagem Piótr Nikoláievitch da peça *Elizaveta Bam*, de Kharms, enquanto a heroína, que dá título à obra, representaria todos os escritores e artistas banidos. Diz Piótr Nikoláievitch: "[...] a senhora está privada de qualquer voz. A senhora cometeu um crime hediondo. Não me venha dizer desaforos. A senhora é uma criminosa" (tradução de Moissei Mountain). Mesmo sem entender por qual crime eles a condenam, a protagonista acaba presa.

O que fazer com o russo, nascido na Ucrânia, Mikhail Bulgákov (1891-1940), cujos livros são o testemunho de uma Rússia destroçada pela Primeira Guerra Mundial, pela Revolução de 1917 e pela Guerra Civil? Na própria Rússia, sua obra só começou a vir à tona depois da morte de Stálin. É interessante pensar, hoje, que o seu conto "Eu matei!" fala da Ucrânia sob o domínio do ditador e líder nacionalista ucraniano Simon Petliúra: "Os bolcheviques vinham chegando além do Dnieper e, segundo os rumores, em enormes quantidades, e é preciso reconhecer que a cidade inteira esperava por eles não só com impaciência, mas eu diria até mesmo com admiração. Porque o que os exércitos de Petliúra estavam fazendo em Kiev nesse último mês de permanência era inconcebível. *Pogroms* ferviam a todo momento, matavam gente diariamente, dando preferência aos judeus, é claro" (tradução de Érika Batista).

O conto de Bulgákov agradaria muito a Putin neste momento e sua história poderia ser (parece que já está sendo) adaptada para os dias atuais. Ora, o autor de "Eu matei" só demonstra o quanto é difícil selecionar quem deve ser banido ou não no Ocidente, entre outras razões porque é complexa a história dos dois países hoje em guerra.

Enquanto o Ocidente não quer que se fale mais (por enquanto) em literatura e arte russas, na esperança, talvez, de que com isso a Rússia desapareça para nós, na Rússia não é mais permitido que se usem as palavras "invasão" e "guerra", sob pena de 15 anos de prisão; "operação militar especial" seria o termo "correto". A propósito, nas muitas guerras promovidas pelos Estados Unidos, se falava, evasivamente, em "intervenção militar"...

Esse malabarismo com a linguagem não muda a situação real, mas desvia a discussão do objeto central. No livro *Guerras culturais*, Teixeira Coelho afirma que "talvez todos os discursos, talvez todas as palavras, na maior parte do tempo senão o tempo todo, dizem para não dizer, dizem uma coisa quando querem dizer outra, não dizem uma coisa para dizer outra — não dizem nada ao dizerem muito e dizem muito ao não dizerem aparentemente quase nada".

Mas, é claro que, em ditaduras, o esforço para se equilibrar nessa curiosa comunicação é ainda maior. No Brasil, lembra Coelho, "ditadura" e "ditatorial" foram duas palavras que sumiram (junto com outros desaparecidos) durante a época da última ditadura: "era aceitável, pelo próprio governo, falar-se, às vezes, em governo autoritário". Hoje, não muito diferente daquela época, muitos se referem ao Golpe de 64 como Revolução de 64, "o que significa", como diria Coelho, "rigorosamente, que a ditadura não terminou".

*O rei se inclina e mata*, da escritora romena ganhadora do Nobel Herta Müller, que viveu parte de sua vida na Romênia sob a forte ditadura instalada por Nicolae Ceau escu entre os anos de 1965 e 1989, levanta uma instigante discussão a respeito das palavras de uma nação. Diz ela: "quando na vida nada mais está em ordem, as palavras também despencam. Pois todas as ditaduras, seja de direita ou de esquerda, ateístas ou divinas, empregam a língua a seu serviço" (tradução de Rosvitha Friesen Blume).

Na Romênia até os anjos das árvores de Natal despencaram e eram chamados de "Figuras-aladas-de-fim-de-ano", para evitar a palavra anjo. Mas eles seguiam lá com suas asinhas dependurados nos galhos.

Assim, para evitar assuntos espinhosos, vamos censurando palavras, censurando a literatura, que é feita de palavras, e a própria arte, que é uma máquina de fazer pensar. Como diz Müller, quando não se pensa em palavras não se pensou "em nada", porque não se pode dizer o pensado sem palavra: "Pensou-se em algo que não necessita do contorno da palavra. Está na cabeça. O falar sai voando, o calar fica e fica e cheira".

# HAVIA UM ESCRITOR DE CARDIFF

Cecília Meireles costumava afirmar que depois de nos tornarmos adultos o mundo das crianças se torna completamente desconhecido para nós. Essa frase pode significar muito na discussão sobre a censura da obra de Roald Dahl, autor de *James e o Pêssego Gigante* e *A Fantástica Fábrica de Chocolates*, entre outras, feita principalmente por pessoas maduras tentando adivinhar o que se passa na mente dos jovens leitores. Segundo elas, as crianças seriam muito sensíveis a alguns termos e descrições utilizados pelo autor inglês.

Em primeiro lugar, vale lembrar que nunca sabemos como um livro será lido, pois cada leitor tem abordagem e interpretação próprias, dependendo de sua biografia, a qual, nesse caso, engloba o seu repertório estético, cultural, social etc. Em segundo lugar, é difícil acreditar que, na Inglaterra, berço de Lewis Carroll, as pessoas defendam esse tipo de "adaptação" acreditando conhecer o outro. Elas parecem não haver aprendido nada lendo *Alice no País das Maravilhas*, do mencionado escritor. Nesse livro, quando a Lagarta pergunta à menina Alice quem é ela, a menina responde: "Eu sabia quem eu era esta manhã, mas eu mudei algumas vezes desde então". Se não conhecemos a nós mesmos, pois estamos sempre mudando, como podemos pretender conhecer os outros?

Não seria mais profícuo explicar aos jovens o contexto político e social da obra de Dahl, escrita num momento específico da história ocidental? No Brasil, essa questão tem sido bastante debatida com relação à obra de vários autores, como Monteiro Lobato, por exemplo, acusado frequentemente, e com razão, de racista.

Ainda que não se tenha chegado, aqui e alhures, a nenhuma conclusão sobre os direitos dos chamados "leitores sensíveis", o debate sobre a censura ou não de obras literárias é em si importante e talvez devesse estar incluída nos paratextos das novas edições não modificadas das obras de autores de outros séculos cujas ideias soam hoje inadmissíveis.

No contexto inglês, se a tendência for a revisão de textos visando torná-los menos controversos, logo terão de adaptar também a obra escrita especialmente para crianças de Edward Lear, um dos pais da literatura nonsense inglesa. A literatura nonsense, vale lembrar, pode ser bastante violenta e assustadora: pessoas se agridem verbal ou fisicamente em uma eterna luta entre o indivíduo e a sociedade.

Quando Lear escreveu seus limeriques (costumo aportuguesar a grafia *limericks*), que são poemas curtos de 4 ou 5 versos conforme disposição gráfica, o sucesso foi enorme entre os pequenos. O escritor os publicou primeiramente em *Um Livro de Nonsense* (1846), obra que assinou usando seu próprio nome e não um pseudônimo, como era de praxe entre os escritores, uma vez que livros para crianças eram considerados uma literatura menor. Edward Lear foi, portanto, o primeiro autor para crianças a se revelar para os leitores. Embora os limeriques não tenham sido uma invenção do escritor, eles se tornaram conhecidos graças a ele.

Apesar de terem sido escritos para crianças, alguns limeriques são particularmente violentos, como já afirmei. Eis um exemplo:

*Havia um velho da República Democrática do Congo,*
*Que dia e noite, noite e dia, batucava um sonoro gongo;*
*Mas eles gritaram: "Senhor!*
*Isso é um verdadeiro horror".*
*Com o gongo esmagaram o velho da República do Congo.*

Nessa discussão sobre a recente censura da obra de Dahl e de outros escritores, motivada pela reação negativa de certos "leitores sensíveis", parece-me que um determinado grupo estaria tentando esmagar não só certos textos, mas também a autonomia dos leitores em geral. Um verdadeiro horror!, diria Lear.

## A LITERATURA E A SOCIEDADE DE CONSUMO

As edições SESC São Paulo publicaram *Notas para uma definição do leitor ideal*, de Alberto Manguel (tradução de Rubia Goldoni e Sérgio Molina), que reúne artigos, ensaios e textos de conferências publicados pelo escritor argentino nas últimas décadas. Todos parecem ter sido escritos especialmente para leitores brasileiros que procuram entender por que hoje aderimos tão entusiasticamente à "onda neoliberal". Essa adesão por aqui não é inesperada — já faz algum tempo que assistimos à proliferação de "leitores diletantes, consumidores de papinha de bebê, pessoas convencidas de que não são suficientemente inteligentes para ler a chamada literatura séria". São esses mesmos leitores que "reconhecem 10 mil nomes de produtos comerciais, enquanto praticamente desconhecem os vocabulários mitológicos, literários e artísticos", como afirmou Manguel para se referir ao jovem leitor mundial.

Segundo o escritor argentino, "a sociedade de consumo não tolera os leitores, os verdadeiros leitores" de livros que fazem refletir e que não apresentem apenas "soluções fáceis de um catecismo ou de um dogma". Nessa sociedade, para que esses livros se mantenham longe dos leitores, aplica-se uma forma de censura: faz-se acreditar que eles não merecem esses livros, ou seja, que essas obras não estão ao alcance da competência deles.

Resulta desse pressuposto de incapacidade a ideia de que precisamos sempre de alguém que nos guie, que guie a nossa leitura, alguém como Ivan Dragomiloff, personagem de *The Assassination Bureau, Ltd*, de Jack London, citado por Manguel, que cria "uma sociedade secreta especializada em assassinatos por encomenda" com o objetivo de "depurar a sociedade". Nela, contudo, "um inimigo da sociedade só será inimigo se Dragomiloff assim o julgar".

Sem reflexão, proporcionada pela leitura de obras relevantes, fica-se à mercê de Dragomilloffs, que, na nossa época, tomam a forma de multinacionais e empresas anônimas cujo objetivo também se disfarça em falsa depuração da sociedade, pois o que visam é "obter o maior lucro possível para um pequeno grupo de indivíduos", sem se importar com as consequências dessa iniciativa, cujo benefício financeiro se impõe à custa "da vida de todos, já que no fim das contas, nem sequer os mais ricos, nem os mais poderosos sobreviverão à exploração do nosso planeta", conclui Manguel.

A literatura não nos salva dessa engrenagem disparatada que nós mesmos criamos, mas alguns livros, como *A vida não é útil*, de Ailton Krenak, *Maria Altamira*, de Maria José da Silveira, *Quarto de despejo*, de Carolina Maria de Jesus, *Vidas secas*, de Graciliano Ramos, para citar alguns poucos autores brasileiros, podem, como afirma Manguel referindo-se a outro repertório, "às vezes, milagrosamente, narrar essa loucura e essa cobiça e nos lembrar que devemos nos manter alerta diante de tecnologias financeiras e comerciais cada vez mais perfeitas e autossuficientes. Por isso os ditadores políticos e financeiros a temem tanto". A literatura, diz o escritor, pode nos tornar no mínimo um pouco menos idiotas.

O livro de Manguel não apresenta uma fórmula pronta; nesse sentido, ele reflete sobre a dificuldade de priorizar a leitura em uma sociedade que precisa sanar "um conjunto de necessidades básicas: alimento, moradia, cuidado médico". Em "Como Pinóquio aprendeu a ler", o escritor lembra que Carlo Collodi, autor do clássico infantil *Pinóquio*, teria expressado a seguinte ideia em um ensaio sobre educação e sociedade: "A meu ver, até agora, pensamos mais na cabeça que no estômago das classes que sofrem e passam necessidade. Pensemos agora um pouco mais no estômago".

Para expressar de forma clara essas ideias, Manguel cita passagens de *Pinóquio*. Nelas, os peixes, ao mordiscarem livros jogados ao mar, dizem: "Isto aqui não é para nosso bico! Nosso rancho é bem melhor!".

Na obra de Collodi, os livros são vistos pelos personagens com certo descrédito. O protagonista é acusado pelos colegas de forma pejorativa de falar "como um livro!". É como se eles o obrigassem a permanecer na superfície da linguagem para se comunicar, "repetindo lemas dogmáticos e lugares-comuns em branco e preto". Essa é a linguagem da propaganda, que a escola, segundo Manguel, prepara o aluno a ler, pois os professores "acreditam que só devem prestar contas à sociedade, e não ao aluno".

Os ensaios de Manguel nos levam a pensar, portanto, no do papel da escola e do professor dentro do sistema social e econômico, discussão que se tornou ainda mais relevante durante o auge da pandemia da covid-19. Para muitos pais e para setores da sociedade, a escola deve permanecer aberta, não porque eles acreditam nela, mas porque precisam delegar a alguém a função de ensinar às crianças o beabá; entretanto, não esperam que a escola vá além disso.

O fato é que a escola vive um paradoxo na sociedade, e os professores poderiam se valer dele. Propõe Manguel: "uma sociedade deve transmitir a seus cidadãos o conhecimento dos códigos que a regem, de modo que todos possam participar ativamente dela, mas o conhecimento desses códigos, além da mera capacidade de decifrar um *slogan* político, um anúncio publicitário ou um manual de instruções, permite esses mesmos cidadãos questionarem a sociedade, exporem seus males e buscarem uma mudança". Portanto, o professor, incumbido "de ensinar a seus novos membros os segredos de suas linguagens compartilhadas, torna-se, na realidade, um perigo, um Sócrates capaz de corromper os jovens".

Perguntava-se durante a pandemia qual era a hora de reabrir as escolas. O fato é que, no ensino presencial ou remoto, a hora é de "ensinar os estudantes a questionar as normas e os regulamentos, a pedir explicação para todo dogma [...]", tudo embasado, obviamente, em leituras e reflexões que vão muito além de mensagens prontas de WhatsApp, as quais se alimentam de lugares-comuns que são facilmente digeridos, mas que não incentivam a reflexão e o diálogo e dividem o mundo claramente em "bom e mau, eles e nós. É a linguagem do extremismo, que nos dias de hoje aflora por toda parte [...]", afirma Manguel.

A importância da literatura é evidente nesse contexto, pois ela nos ensina a dialogar: "— a boa literatura — nunca é unívoca. Insiste sobre a ambiguidade, exige outros testemunhos, empenha-se não em afirmar, mas em construir perguntas", conclui o autor argentino.

• • • • •

# PAULO COELHO, *ULISSES* E A EXPERIÊNCIA DA LEITURA

Em 2012, o escritor Paulo Coelho declarou, em entrevista à *Folha de S. Paulo*, que não gostava do romance *Ulisses*, do irlandês James Joyce, considerado um dos escritores mais importante do século XX. A declaração ganhou destaque na imprensa internacional em um bom momento para Paulo Coelho, que acabava de lançar novo livro.

Não demorou muito para se criar, no Brasil, uma cisão entre os joycianos apaixonados e os amantes do mago (ou ex-mago) brasileiro. Embora eu mesma seja leitora de Joyce e já tenha lido anos atrás Paulo Coelho, não busco aqui confrontar a obra desses dois escritores; esse intento seria absurdo, pois são obras completamente diferentes entre si, do ponto de vista estético, histórico e temático. Além disso, seria leviano de minha parte falar de Paulo Coelho, de quem li apenas dois livros, há bastante tempo, como afirmei, e dos quais guardo na memória apenas seus títulos: *Brida* e *O diário de um mago*.

O que a polêmica traz à tona, a meu ver, é a discussão em torno da experiência de leitura. No livro *A experiência de ler*, o escritor irlandês C.S. Lewis afirma que o texto que o leitor tem diante de si depende exclusivamente de sua leitura, já que "deixa de existir por direito próprio e passa a constituir simples matéria-prima, um barro a partir do qual fabricam os tijolos para a sua construção." Essa tese foi bastante explorada, no século passado, por críticos refinados como Maurice Blanchot e Roland Barthes, em seu clássico ensaio "A morte do autor".

C.S. Lewis classifica os leitores em duas categorias: os bons e os maus leitores. Quanto aos maus leitores, Lewis opina que esses nunca leem nada que não seja narrativo, e, além disso, apreciam narrativas em que o elemento verbal é "reduzido ao mínimo".

O mau leitor seria ainda aquele que lê exclusivamente com os olhos. De modo que, para ele, "as mais hediondas cacofonias e os mais perfeitos exemplos de ritmo e melodia são perfeitamente iguais", nas palavras de Lewis, que compara a seguir o mau leitor ao mau ouvinte: "tal como o ouvinte sem sensibilidade musical quer apenas a 'melodia', também o leitor sem sensibilidade literária apenas quer o 'acontecimento'. Um ignora quase todos os sons que a orquestra produz, porque o que quer é trautear na melodia. O outro ignora quase tudo o que as palavras à sua frente constroem, porque o que quer é saber o que acontece a seguir."

O fato é que o leitor insensível, adverte Lewis, nunca dá às palavras mais do que o mínimo de atenção para delas extrair o acontecimento, de modo que "o clichê mais banal para cada fenômeno ou emoção (as emoções podem fazer parte do acontecimento) é para ele o melhor porque de imediato reconhecível." Ou seja, a boa leitura incomodaria o leitor "iliterato", por ser ou demasiadamente sóbria ou demasiadamente rica para o que ele pretende. Os leitores iliteratos de todas as épocas, segundo a tese de Lewis, só se deleitam com histórias de narrativas simples "porque não as apreciam de outra forma".

Talvez a deficiência mais grave do mau leitor seja a de lhe "faltar a imaginação fértil, suscetível de construir (num momento) uma cena, a partir de fatos nus e crus."

Um livro como *Ulisses* requer certamente um leitor criativo ou, no mínimo experiente, isso é, que já tenha atravessado todo tipo de texto, e que busque, além disso, no momento da leitura, algo esteticamente novo, uma nova experiência, novos desafios. Há que se deixar claro que a leitura de *Ulisses* obviamente não impedirá o leitor de voltar a ler outros textos menos experimentais.

Parece-me que *Ulisses* tornou-se, para alguns comodistas ou desinformados, o bode expiatório da literatura universal e, mais especificamente, das "temidas" vanguardas literárias do último século, das quais foi um dos embriões, pois, como se lê em *A teoria da vanguarda*, de Peter Bürger, a dissolução da unidade tradicional da obra é uma característica comum da modernidade, quando a "coerência e independência da obra são conscientemente colocadas em questão ou programaticamente destruídas" (tradução de José Pedro Antunes).

O desenvolvimento da cultura, diz Bürger, citando Schiller, requer, no entanto, que o homem não fique "eternamente acorrentado a um pequeno fragmento, ouvindo eternamente o mesmo ruído monótono da roda que aciona." Diferentes experiências de leitura criam novas relações culturais, é a lição que podemos retirar da polêmica que opôs no Brasil Joyce a Paulo Coelho.

• • • • •

## SOBRE LEITURAS POSSÍVEIS (RÉPLICA)

Em 2019, a "Ilustríssima" (*Folha de S. Paulo*) publicou um artigo de Irinêo Baptista Netto, no qual ele afirmou que "Há livros impossíveis de ler sem ajuda de outros textos". Tivesse sido uma pergunta em vez de uma afirmação taxativa, ela poderia certamente ser respondida por Graciliano Ramos, que, no seu livro autobiográfico *Infância*, conta ao leitor como foi sua aproximação com a literatura num ambiente culturalmente inóspito em que livros não faziam parte de seu dia a dia. Aos nove anos, o menino Graciliano "era quase analfabeto" e os livros de literatura eram todos incompreensíveis para ele. Desesperado, pediu a uma prima que lesse com ele e o auxiliasse "na decifração" de um romance. A prima, prossegue o escritor, "respondeu com uma pergunta que me espantou. Por que não me arriscava a tentar a leitura sozinho?". Foi o que ele fez: "Tomei coragem, fui esconder-me no quintal [...]. Reli as folhas já percorridas. E as partes que se esclareciam derramavam escassa luz sobre os pontos obscuros. Personagens diminutas cresciam, vagarosamente me penetravam a inteligência espessa. Vagarosamente".

Outras experiências de leitura tão inusitadas seguiram-se a essa, e o novo leitor, sozinho, percorreu a biblioteca de um conhecido da família, que lhe deixava os livros à disposição, sem comentários, sem discussões, sem censura. Não é preciso dizer que essa liberdade de leitura em todos os sentidos talvez tenha sido fundamental para formar o grande escritor Graciliano Ramos.

Ele aprendeu que, como leitor, tinha liberdade para "decifrar" romances. Aliás, vale aqui lembrar que, para o pensador italiano Giorgio Agamben, "toda leitura é autobiográfica", ou seja, depende de quem lê e, não necessariamente, de quem escreve. Irinêo, contudo, parece discordar desse postulado ao citar Wayne C. Booth, para quem "toda arte pressupõe a escolha do artista. Se destruirmos a noção de escolha, é a arte que aniquilamos. A verdade é que nunca se pode silenciar a voz do autor. Não há autor que consiga criar uma obra revelando completa imparcialidade" (Irinêo não informa o tradutor).

Wayne e Irinêo vão de encontro à tese da "morte" do autor, tão comentada por teóricos fundamentais como Roland Barthes e Maurice Blanchot; ambos concluíram, como se sabe, que a literatura não carrega uma verdade, uma voz, mas diferentes vozes e pontos de vista.

A questão mais polêmica do texto de Irinêo talvez seja a de que alguns livros não funcionam sozinhos. Uma afirmação tão taxativa pode afastar leitores (principalmente o leitor não especializado), pois enfatiza, já de início, um entrave à leitura. Toda tese que desestimula a leitura como experiência única, em qualquer faixa etária, acaba prestando um desserviço.

Para referendar a sua tese, o professor cita como exemplo o romance *Ulisses*, de James Joyce, e lembra que "o próprio Joyce se viu obrigado a dar dicas de leitura. O autor criou uma lista de temas relacionados a cada capítulo, mas ela mesma é um pouco cifrada". Sobre essa lista, Vladimir Nabokov lembra que, "depois da publicação da obra em partes, Joyce suprimiu os títulos pseudo-homéricos dos capítulos ao comprovar do que eram capazes os chatos mais eruditos ou pseudo-eruditos. A propósito: um chato chamado Stuart Gilbert, enganado por umas listas que o próprio Joyce compilou por graça, descobriu em cada capítulo o predomínio de um órgão específico — o ouvido, o olho, o estômago etc. Ignoremos também estas tontices. Toda arte é de certo modo simbólica, mas diremos 'Alto aí, ladrão!' ao crítico que transforma deliberadamente o símbolo subtil do artista numa alegoria rançosa de pedante [...]" (tradução de Jorio Dauster).

Listas, guias, notas e todo o aparato crítico são sempre muito bem-vindos, mas não dão a palavra final sobre obra alguma e não são mais importantes do que a própria obra. Nenhum livro, a meu ver, e contrariando o que postula o ensaísta, "precisa de um manual de instruções".

Outra questão polêmica levantada por Irinêo (com base em Booth) é a ideia de que existem livros "impossíveis de ler", com ou sem guias. Essa afirmação veemente parece não levar em conta os diferentes conceitos de leitura. O artista norte-americano John Cage, por exemplo, concebeu sua própria forma de leitura de *Finnegans Wake*, que consistia em selecionar palavras isoladas e depois desfrutar desses "pequenos poemas" concentrados num só vocábulo, como dizia

O ensaísta também não deixa claro por que mantém o título do romance de Joyce em inglês (*Ulysses*). Ou estaria se referindo apenas à tradução de Caetano Galindo para a Companhia das Letras? Seria interessante esclarecer essa escolha, uma vez que o romance tem três traduções para o português brasileiro, e uma delas, assinada por Bernardina Pinheiro, vem acompanhada de notas importantes.

Por fim, Irinêo parece acreditar que nos afastamos ainda mais de *Ulisses* no século atual, pois "certas referências que poderiam fazer sentido para alguém que vivia na primeira metade do século 20 se tornaram obscuras e inacessíveis para o público de hoje".

Ora, toda boa literatura tem o poder de se ressignificar, em qualquer época. Por isso não é preciso conhecer profundamente o contexto histórico de um livro do passado para desfrutá-lo hoje.

No que tange a *Ulisses*, o romance é justamente interessante porque, como obra complexa, comporta inúmeras leituras, hoje e sempre: a política, a religiosa, a feminista... E por que não também a leitura anacrônica?

• • • • •

## A IRLANDA QUE O BRASIL NÃO VIU

A exposição "Irlandeses no Brasil", organizada pela Embaixada e pelo Consulado Geral da Irlanda no Brasil na Biblioteca Nacional, em 2023, foi inicialmente saudada com entusiasmo pelos estudiosos da literatura e da cultura irlandesa. O diálogo entre o Brasil e a Irlanda sempre foi bastante rico.

No campo literário, há nomes muito conhecidos e influentes no nosso país: James Joyce, Samuel Beckett...

Diante dessa imensa riqueza cultural, que abrange várias áreas, a tarefa dos organizadores não terá sido fácil. Como apresentar, nas poucas linhas de um catálogo, a história da cultura e da literatura irlandesa no Brasil, que passa, necessariamente, pela tradução? Assim como Bram Stoker já foi recriado no nosso país em várias linguagens, outros autores também não ficaram restritos às páginas dos livros e, por meio de traduções intersemióticas, foram parar nas telas, nos palcos etc.

Em 2022, no centenário de *Ulisses*, de James Joyce, a Embaixada da Irlanda, em parceria com 18 universidades brasileiras, lançou um concurso para a realização da tradução intersemiótica do romance, que culminou na apresentação visual, em diferentes instituições do nosso país, dos 18 episódios do livro.

No catálogo da exposição, essas traduções ganham, merecidamente, destaque. Já a tradução intersemiótica de *Finnegans Wake*, de Joyce, *A visual Finnegans Wake on the Island of Breasil*, do poeta e artista visual Sérgio Medeiros, cujo lançamento foi divulgado amplamente, sequer é mencionada. Aliás, a informação que consta do catálogo é a de que *Finnegans Wake* "já foi traduzido duas vezes entre nós, com mais dois processos de tradução em andamento". Temos, contudo, três traduções integrais do romance, se considerarmos a tradução intersemiótica; e quatro traduções em andamento: as de Afonso Teixeira Filho, Vinícius Alves, Luis Henrique Garcia e Caetano Galindo.

Lamentavelmente, há muitas outras lacunas e informações imprecisas no catálogo, que se refletem, aliás, nos materiais expostos na Biblioteca Nacional. Uma ausência inexplicável é a do poeta e tradutor Augusto de Campos, descendente de irlandeses e figura central na divulgação de escritores irlandeses, como Joyce e Yeats. Seu irmão Haroldo de Campos é rapidamente mencionado.

Pagu, a primeira mulher a traduzir um excerto de *Ulisses*, também não é mencionada; Cacilda Becker e suas atuações em *Esperando Godot*, de Beckett, não couberam no catálogo, que destaca, entretanto, a leitura dramática de uma peça menor.

Fábio de Souza Andrade, o principal tradutor de Beckett, Maria Rita Drumond Viana, vice-presidente da Internacional Yeats Society, e Luci Collin, tradutora de Seamus Heany, entre muitos outros irlandeses, foram também excluídos.

Ao questionar o Consulado sobre essas inexplicáveis lacunas, foi-me sugerido que discutisse, "bilateralmente", o assunto com os escritores brasileiros convidados, responsáveis pela redação dos verbetes do catálogo.

Nem todos os autores e tradutores podem ser citados numa exposição, mas omitir informações importantes e figuras centrais da nossa cultura demonstra, a meu ver, desconhecimento do assunto ou simplesmente descaso, cabe-me concluir.

• • • • •

# UM BANQUETE NO CENTENÁRIO DE *ULISSES*

Todos os anos, desde 1924, celebra-se no dia 16 de junho o Bloomsday, uma festa literária em homenagem a Leopold Bloom, protagonista do romance *Ulisses* (1922), do escritor irlandês James Joyce. Bloom, um herói moderno, perambula pelas ruas de Dublin em 1904, ao longo de todo o dia 16.

Em 2022, o Bloomsday foi especial; afinal, a publicação integral do romance, sob o comando da editora norte-americana Sylvia Beach e com a ajuda financeira da mecenas do escritor, Harriet Weaver, fez cem anos no dia 2 de fevereiro. Duas mulheres foram fundamentais para dar a Joyce a visibilidade e o destaque que ele merecia ainda em vida.

Em língua portuguesa, *Ulisses* conta até agora com cinco traduções, três no Brasil e duas em Portugal. A Ateliê Editorial está para publicar uma quarta versão do romance por aqui; trata-se de uma tradução coletiva assinada por 18 tradutores (um para cada episódio), sob o comando de Henrique Xavier.

Para marcar o Bloomsday do centenário, a editora Civilização Brasileira reeditou *Ulisses* na célebre tradução de Antônio Houaiss, o primeiro a trazer o livro para o português, em 1966. A editora Companhia das Letras também investiu em uma nova edição do romance na tradução de Caetano Galindo, o terceiro a verter a odisseia joyciana no Brasil, em 2012. Entre Houaiss e Galindo, há, vale destacar, a tradução de Bernardina da Silveira Pinheiro, publicada em 2005, pela editora Objetiva. Bernardina é a única mulher tradutora de *Ulisses* na América Latina; aliás, as tradutoras de Joyce não são muitas e geralmente passam despercebidas, talvez porque Joyce seja considerado um autor difícil e, portanto, "inacessível" às mulheres, que deveriam traduzir *Doçuras do pecado*, em uma referência a uma novelinha açucarada que Leopold Bloom compra para a sua mulher, Marion (Molly) Bloom.

O fato é que, no centenário de *Ulisses*, a tradução de Bernardina não havia sido convidada para a festa até setembro de 2022, quando a editora Nova Fronteira fez, finalmente, uma reedição de sua tradução.

A tradução da Bernardina por vezes tem sido subestimada, apesar de ser a única que, no mesmo volume, traz paratextos muito úteis. Bernardina não só assina a apresentação e as notas sobre a obra, como também oferece aos leitores o paralelo entre a *Odisseia*, de Homero, e o romance joyciano.

Não é a primeira vez que falo sobre a recepção da tradução de *Ulisses* de Bernardina Pinheiro, estudiosa de Joyce que antes de se aventurar na tradução da obra-prima do irlandês já havia traduzido *Um retrato do artista quando jovem* (Siciliano, 1992). Bernardina tem um currículo invejável no que se refere a sua trajetória joyciana, que se potencializou quando conheceu Richard Ellmann, o aclamado biógrafo do escritor irlandês, em 1985, e de quem se tornou amiga.

Quando afirmo que há indícios de que a tradução de Bernardina foi subestimada, aponto, por exemplo, a ausência de premiações no seu currículo. Cabe lembrar que Houaiss também não ganhou o Prêmio Jabuti, nem poderia, porque na época não existia a categoria tradução. Em 2006, Bernardina ficou em terceiro lugar na mesma premiação, atrás das traduções assinadas por Mamede Mustafa Jarouche (*Livro das mil e uma noites*) e Alípio Correia de Franca Neto (*A balada do velho marinheiro*, de Samuel Taylor Coleridge). Em 2013, a tradução de Galindo, porém, venceu não só o Jabuti (deixando para trás Jarouche, com a tradução do quarto volume do *Livro das mil e uma noites*), como também obteve outras premiações em território nacional.

No Brasil, há inúmeros textos que nem sequer mencionam a tradução de Bernardina Pinheiro, e há estudiosos de Joyce (pasmem!) que, ainda hoje, não sabem ao certo o nome da tradutora.

A propósito, um lugar-comum a respeito da tradução de Bernardina é que ela quis aproximar o leitor da obra recorrendo à coloquialidade para "facilitar" a leitura do intrincado enredo.

Ocorre que quando Houaiss traduziu o livro, nos anos 1960, a linguagem era outra, o vocabulário era outro e ainda engatinhávamos em termos de estudos joycianos no Brasil. A tradução de Bernardina vem numa outra época, em que os estudos sobre Joyce por aqui e as traduções do autor em português brasileiro já haviam proliferado, a língua portuguesa também era outra, sem contar que se "descobriu" que em *Ulisses* Joyce não era tão "empolado" quanto se pensava, não em todos os capítulos nem em todos os momentos. Galindo já parte de outro contexto, com estrada pavimentada, mas não menos pedregosa e escorregadia. Temos, portanto, três *Ulisses*, três pontos de vista sobre o romance, pois antes de traduzir é preciso ler e interpretar, e uma obra como a de Joyce é porosa, é obra aberta, para usar um conceito de Umberto Eco, permitindo múltiplas abordagens; não é à toa que ela ainda é lida e relida com interesse ainda hoje.

Em janeiro de 2022 houve a inauguração do Espaço James Joyce na sede da Escola Letra Freudiana, sociedade psicanalítica do Rio de Janeiro, que agora abriga 269 livros sobre o escritor irlandês que pertenciam a Bernardina Pinheiro.

No centenário de *Ulisses*, Bernardina completaria também 100 anos, mas a tradutora e pesquisadora parece atuar como Babette, personagem de *A festa de Babette*, filme dinamarquês de 1987, dirigido por Gabriel Axel e baseado no conto de Karen Blixen. Ou seja, Bernardina preparou o banquete para os outros degustarem e saiu de cena, só voltado quando as luzes da festa do centenário já estavam se apagando. Em uma entrevista concedida a Vitor Alevato do Amaral, em 2019, Bernardina afirmou que sua tradução de "*Ulisses* foi bem recebida e teve correta atenção dos meios de comunicação".

No centenário de *Ulisses*, nós, tradutoras de Joyce — Patrícia Galvão (Pagu), Luci Collin, Aurora Bernardini, Denise Bottmann, Fedra Rodríguez, Daiana Oliveira, Andréa Buch Bohrer e eu mesma — queremos nos sentar à mesa, como nos convidou Judy Chicago, que em *The Dinner Party* (O Banquete) pôs a mesa para mulheres que se destacaram, por diferentes razões, ao longo da história. Penso que as tradutoras de hoje querem também se sentar ao lado dos tradutores de Joyce no Brasil, como, por exemplo, Antônio Houaiss, Donaldo Schüler, Alípio Correia de Franca Neto, José Roberto O'Shea, Vitor Alevato do Amaral, Caetano Galindo, Tomaz Tadeu, Henrique Xavier, Piero Eyben, pois o feminismo não é um movimento de exclusão, mas de inclusão, ou, como Joyce diria em seu *Finnegans Wake*, *Here Comes Everybody* (Há Convergência de Espaço, ou Aqui Todos Cabem).

• • • • •

## O CENTENÁRIO DE UMA OBRA REVOLUCIONÁRIA

O romance *Ulisses*, do irlandês James Joyce, foi publicado pela primeira vez no dia 2 de fevereiro de 1922, no seu aniversário de quarenta anos, e graças em grande parte à editora norte-americana Sylvia Beach, que aceitou lançar o livro, o que implicou lidar com o autor temperamental e a família dele, a qual Beach acabou "adotando". A relação entre a editora e o escritor pode ser aferida nas cartas que foram trocadas por eles. As cartas de Joyce para Beach já estão disponíveis em livro e, agora, a correspondência dela para ele, de 1921 a 1929, acabam de ser publicadas pela Brill, Rodopi, em organização de Ruth Frehner e Ursula Zeller, sob o título *"Your friend if ever you had one" — The Letters of Sylvia Beach to James Joyce* (*"Sua amiga se é que algum dia teve uma" — Cartas de Sylvia Beach para James Joyce*) — foi com essa frase que a editora se despediu de seu autor em uma das correspondências.

Em 2022, *Ulisses* completou cem anos e, no Brasil, as comemorações do centenário começaram com a reedição do romance na tradução pioneira de Antonio Houaiss, publicada em 1966, o que parecia ser uma boa ideia e uma justa homenagem ao tradutor intrépido. Vale lembrar que a primeira publicação de *Ulisses* em português teve texto de orelha de Augusto de Campos, para quem "a divulgação deste livro é capaz de contribuir, e muito, a curto e longo prazo, para o soerguimento qualitativo da nossa prosa que, salvo raras exceções, ainda não se apropriou do legado da revolução joyciana". Só essa observação renderia um longo debate: nossa literatura já teria se apropriado da "revolução joyciana"?

A reedição da tradução de Houaiss pela Civilização Brasileira reproduz o texto de orelha do tradutor e poeta concretista, mas, cabe destacar, com um corte significativo. É o primeiro sinal de que a festa pode não acabar bem. Qual teria sido a razão desse corte? Por que a editora não reproduziu a orelha histórica de Augusto na sua integridade e não aproveitou para acrescentar à edição outros tantos textos, três para ser mais precisa, que o poeta escreveu sobre a versão brasileira de *Ulisses*, nos quais analisa pormenorizadamente a tradução de Houaiss? Esse seria um material interessantíssimo para estudiosos da tradução e daria o peso histórico, numa data histórica, a essa publicação.

Contudo, o corte parece ser o grande protagonista. Além do texto de orelha incompleto, extirparam do volume o esquema de Carlo Linati, que acompanhava as edições da tradução de Houaiss. A propósito desse esquema, Joyce foi quem o enviou a Linati, tradutor italiano, pois acreditava, como disse na carta que acompanhava o esquema, que esse talvez lançasse luz sobre o seu "maldito" e volumoso romance de "enorme complexidade".

No lugar do esquema de Linati, ao final dessa nova edição de *Ulisses* na tradução de Houaiss, acrescentou-se um "Guia de leitura" assinado por Ricardo Lísias. Lísias tem por objetivo incentivar o leitor a "mergulhar" na leitura: "O leitor pode mergulhar no livro desarmado e buscar seus próprios sentidos. Um romance com essa grandiosidade permite inúmeros significados e não fica restrito a essa ou aquela interpretação". A intenção é boa e, sem dúvida alguma, é correto afirmar que o romance comporta diferentes leituras, afinal, toda leitura, vale lembrar, é "autobiográfica".

O problema é que o "guia" proposto fica restrito a uma interpretação, a do próprio Lísias, que ao resumir o enredo (aliás, o enredo de *Ulisses* não é necessariamente o protagonista da obra revolucionária) chega às vezes a conclusões precipitadas. Portanto, em vez de dar subsídios para que o leitor avance sozinho na leitura, ele apenas recria a trama, acrescentando algumas opiniões pessoais. Isso ocorre, por exemplo, quando Lísias afirma que, no primeiro capítulo, "tudo descamba para uma espécie de besteirol preconceituoso e ilustrativo de algumas questões da época" e cita a seguinte fala: "Sou um britânico, é verdade — dizia a voz de Haines —, e isso me sinto. Nem quero ver a minha terra tombar nas mãos dos judeus alemães tampouco". É bem verdade que essa passagem ilustra os temas candentes de uma época, o problema, contudo, é que, ao definir esse excerto como "besteirol", Lísias poderá induzir o leitor a não dar atenção à discussão sobre a relação entre a Irlanda (colônia britânica) e a Inglaterra, e à questão dos judeus na Europa. Esses são assuntos centrais na obra, que tem como protagonista, a propósito, um judeu, Leopold Bloom, informação que não consta do guia.

Vale lembrar ainda que, para Joyce, *Ulisses* "é um épico de duas raças (Israel — Irlanda) e ao mesmo tempo o ciclo do corpo humano, bem como uma historiazinha de um dia (vida)... É também um tipo de enciclopédia".

Particularmente, não acredito que livro algum precise de guia de leitura, isso não significa que esse tipo de proposta não tenha valor. De fato, ela tem, principalmente, quando levanta questões importantes a respeito da obra sem que, em momento algum, leve o leitor pela mão mostrando o caminho que "deve" ser seguido. *Ulisses* é legível, só exige do leitor um outro tipo de leitura, que implica dar a mesma atenção à linguagem e à trama.

No "guia" que acompanha a nova edição da tradução de Houaiss não há qualquer menção mais acurada às epifanias, tão importantes para Joyce, nem mesmo especial destaque para os monólogos interiores que perpassam o livro antes de desaguar no famoso monólogo final de Molly Bloom, mulher do protagonista, Leopold Bloom, que, como todas as personagens do romance, é complexa, paradoxal, ou seja, humana.

Lísias parece, contudo, vê-la como Leopold Bloom a vê: uma mulher com poucos dotes intelectuais, para quem ele também compraria *As doçuras do pecado*, "um livro de estilo literário menor". Porém Molly é muito maior do que isso, e não é à toa que Joyce lhe deu a palavra final, fato que nenhum estudioso deveria ignorar.

• • • • •

## O PASSO DA TARTARUGA

Em 2022, as inscrições do Prêmio Jabuti se encerram no dia 26 de maio. Fiquei pensando que talvez fosse interessante retomar a polêmica envolvendo uma pergunta que constava da ficha de inscrição: a raça do autor da obra. Segundo a Câmara Brasileira do Livro (CBL), que organiza a premiação, esse dado vem sendo requerido facultativamente desde o último ano e tem por objetivo "mapear o perfil dos inscritos para implementar possíveis ações que promovam cada vez mais a diversidade do mais importante prêmio do livro brasileiro".

Houve quem louvasse a iniciativa por acreditar que ela ajudará a ampliar o leque literário com a inclusão de novos autores e leitores. Houve também quem discordasse da decisão da CBL, uma vez que ela poderia, disseram, levantar suspeitas em relação à isenção do prêmio, que não seria concedido pelo valor literário da obra, mas pela etnia do/a autor/autora.

Os dois lados parecem ter razão: é importante incentivar novos escritores, e premiá-los faria, a meu ver, parte desse incentivo. Pois não adianta apenas mapear, é importante dar visibilidade a essas novas vozes, e essa visibilidade quem dá é o prêmio em si. A implementação dessa política de inclusão, porém, levará um segmento dos leitores a acreditar que o julgamento dos livros será parcial.

O fato é que, à medida que novas vozes forem surgindo e se destacando, o leitor passará a conhecer uma "outra" literatura contemporânea, a qual poderá ser tão instigante quanto aquela com a qual já está acostumado.

Mas voltemos à raça. Diz a escritora norte-americana Toni Morrison, ganhadora do Nobel de Literatura em 1993, que "raça é a classificação de uma espécie, e nós somos a raça humana, ponto-final". Morrison sabe, todavia, que existe "a tendência dos humanos de separar aqueles que não pertencem ao nosso clã e julgá-los como inimigos, como vulneráveis e deficientes que necessitam ser controlados" (tradução de Fernanda Abreu). Nesse contexto, prossegue a escritora, "a raça tem sido um parâmetro de diferenciação constante, assim como a riqueza, a classe e o gênero, todos relacionados ao poder e à necessidade de controle".

Muito recentemente, mais autores/as negros/as têm sido premiados/as e passaram a ganhar visibilidade e espaço em grandes editoras e jornais. Se políticas como a implementada pela CBL contribuem para essa diversidade na área literária, é necessário que elas prossigam, mas talvez fosse importante que elas não se restringissem apenas ao mapeamento da raça dos inscritos no prêmio. Há outras questões que precisariam ser mapeadas também.

Em 2021, especialmente, as editoras alternativas ganharam mais espaço no Prêmio Jabuti, fruto, talvez, de uma política de inclusão. Nem todas as editoras e autores têm, porém, cacife para arcar com o valor da inscrição. Muitos autores, aliás, já arcam com a publicação de seus livros em editoras de pequeno e médio porte, as quais não têm agentes literários nem capilaridade nas grandes mídias, que se concentram ainda no eixo Rio-São Paulo. Essas obras acabam invisibilizadas. Pergunto-me se essa invisibilidade não teria como consequência a exclusão desses títulos da lista de finalistas desse e de outros prêmios importantes.

Não valeria a pena também mapear o que ficou de fora das listas? A literatura experimental, sem gênero específico, teria onde se encaixar nas categorias estanques desse e de outros prêmios?

A propósito, as categorias e os critérios de avaliação do Prêmio Jabuti mereciam ser rediscutidas: na categoria infantil, por exemplo, um dos critérios é "inventividade e originalidade com linguagem adequada ao público-alvo"; imagino que Edward Lear, com seus limeriques grotescos e sem sentido, e Edward Gorey, com seus poemas macabros, nunca chegariam à lista de finalistas.

Por que não existe a categoria "peças de teatro ou texto dramático"? E por que a categoria "romance de entretenimento" inclui "obras de ficção científica, policial, terror, romance sentimental/de amor, erótico, humor, suspense, aventura, fantasia, entre outros", e o "romance literário" aparentemente não? O que entendemos por literário?

Os prêmios são sempre bem-vindos, dão visibilidade e abrem portas, mas não garantem, automaticamente, a imortalidade literária do premiado; basta fazermos um mapeamento, ainda que superficial, das obras e autores já agraciados com prêmios nas últimas décadas...

• • • • •

## AS LÍNGUAS E O RISO DA MEDUSA

Quando, no século XXI, um procurador da República, no caso Anderson Santos, classifica o feminismo como um "transtorno mental" e diz acreditar que deveria ser criada uma CID [Classificação Estatística Internacional de Doenças e Problemas Relacionados com a Saúde] para ele; quando uma juíza estadual, Joana Ribeiro, e uma promotora de justiça, Mirela Dutra Alberton, tentam impedir que uma menina de 11 anos faça um aborto legal depois de ter sido estuprada, devemos acender um sinal de alerta.

O movimento feminista não foi ainda entendido e muito menos absorvido. No livro *Feminismos: uma história global*, a historiadora britânica Lucy Delap lembra que o "termo 'feminista' foi usado no final do século XIX para substituir a ideia de 'movimento das mulheres' por uma identidade mais ampla, que fosse aberta a ambos os sexos" (tradução de Isa Mara Lando e Laura Teixeira Motta). Assim como o feminismo, o machismo também está aberto para todos os sexos, o que explica a adesão de mulheres a um movimento que retira não só seus próprios direitos, mas os direitos de outras minorias; afinal, é isso que o machismo e o patriarcado fazem. Portanto, como diz bell hooks, não podemos pensar em separação de sexos para a adesão a esses movimentos; pois assim como há homens que lutam ao lado das mulheres, há mulheres que participam da política de dominação como perpetradoras desse movimento.

Hélène Cixous vai mais longe e afirma que contra as mulheres, os homens "cometeram o maior dos crimes: eles as levaram, insidiosamente, violentamente, a odiarem as mulheres, a serem suas próprias inimigas, a mobilizarem sua imensa potência contra elas mesmas, a seres executoras da obra viril deles" (tradução de Natália Guerrellus e Raísa França Bastos). A atuação de Joana Ribeiro e de Mirela Alberton no caso do estupro da menina de 11 anos parece comprovar na prática o que disse Cixous.

Nadando contra essa maré de atraso, que invade até mesmo o judiciário, órgão para o qual todos deveriam ser iguais perante a lei, não só no Brasil mas também fora dele, as mulheres de um modo geral vêm ganhando cada vez mais voz e postulando um lugar ao sol, ainda que com certa demora. Parte desse postulado se faz por escrito, pois, segundo Cixous, "é escrevendo, a partir da e em direção à mulher, e enfrentando o desafio do discurso governado pelo falo, que a mulher armará a mulher num lugar diferente daquele reservado a ela no e pelo símbolo, ou seja, o lugar do silêncio".

Se durante séculos as mulheres não falaram, não foi porque não soubessem o que dizer, mas porque ninguém as queria escutar. Se não escreveram, foi porque o acesso à educação não lhes era fácil, quando não proibido.

Os tempos mudaram e hoje surge um interesse em saber o que foi silenciado. No Brasil, esse interesse parece ter crescido de forma acelerada, principalmente (ou paradoxalmente) nestes últimos anos de combate às minorias, entre elas, as mulheres.

Muitos livros sobre mulheres, e escritos por mulheres, foram publicados nesse período; entre as publicações dessa natureza, destacaria um lançamento recente: *Raízes feministas em tradução* (Edições Câmara, 2022), organizado por Ana Maria Chiarini, Andréia Guerini e Karine Simoni, que traz uma antologia de textos "protofeministas" inéditos escritos por mulheres na Península Itálica entre os séculos XIII e XIX. Entre as autoras, caberia citar Compiuta Donzella, que, no século XIII, denunciava a dominação patriarcal e a falta de liberdade das mulheres para escolher seus parceiros em um poema: "[...] cada donzela na alegria mora;/ e em mim, abundam tormentos e lágrimas.// Meu pai me colocou no sofrimento/ e ainda me mantém em grande dor:/ doar-me quer à força a um senhor,// e disso não tenho desejo nem vontade [...]" (tradução de Andréia Guerini e Nicoletta Cherobin).

Compiuta Donzella poderia ser lida pelo procurador Anderson Santos, pela juíza Joana Ribeiro e pela promotora Mirela Dutra

Alberton. Se eles absorvessem os versos da poeta, talvez pudessem repensar suas ideias. As do procurador, em defesa do que chamou de "débito conjugal", pelo qual a mulher teria uma "obrigação sexual" a cumprir em relação ao parceiro; e as da juíza e da promotora, em defesa da gravidez resultante de estupro.

Não foi à toa que tentaram calar as mulheres por tanto tempo. Citaria, por exemplo, outro livro reeditado agora, o qual foi publicado pela primeira vez em 1927, *Virgindade inútil: novela de uma revoltada* (Carambaia, 2022), de Ercilia Nogueira Cobra, para entender o porquê desse silenciamento. Cobra se definia, muito ousadamente, como "livre-pensadora", e a partir dessa condição discutia "as verdades tidas como indiscutíveis, tais como os dogmas religiosos, a crença na inferioridade da mulher e a diferença da moral sexual para os sexos", como se lê em um dos paratextos dessa nova edição assinado por Maria Lúcia de Barros Mott.

Ercilia Nogueira Cobra talvez pudesse dialogar com o procurador, o qual afirmou, no século XXI, que "o progressismo nos convenceu que o cônjuge não tem qualquer obrigação sexual para com o seu parceiro, levando muitos à traição desnecessária, consumo de pornografia e ao divórcio. Esse é um drama vivido muito mais pelos homens diante das feministas ou falsas conservadoras". Num (im)provável diálogo, Ercilia Cobra diria, no século passado, que "o aviltamento da mulher que teve a audácia de buscar prazeres fora do lar doméstico e satisfazer ao acaso das suas aventuras um desejo que os homens satisfazem sem empecilhos, quando e como lhes apraz, ainda não deu resultados práticos". De fato, "a pecha de perdida e adúltera pela sociedade lançada contra as rebeldes não conseguiu diminuir-lhes o número". Parece que se Ribeiro ouvisse ou lesse mais sobre mulheres, entenderia que eles também não têm cumprido sua "obrigação sexual" faz tempo.

Se o diálogo entre eles prosseguisse, a afirmação do procurador de que "a feminista normalmente é uma menina que teve problemas com os pais no processo de criação e carrega muita mágoa no coração. Normalmente, é uma adolescente no corpo de uma mulher. Desconhece uma literatura de qualidade e absorveu seus conhecimentos pela televisão e mais recentemente pela internet", seria respondida ironicamente por Cobra, em sua novela satírica sobre a fictícia e brasileiríssima Bocolândia, que, realmente, a mulher "de coisas práticas não entende patavina, pois foi educada num colégio de irmãs. Ensinaram-lhe a história dos judeus, fizeram-na decorar o catecismo, obrigaram-na a ir de madrugada e em jejum calejar os joelhos na igreja. E ao fim de oito anos de clausura devolveram-na para casa tão ignorante como ao entrar, porém mais cheia de superstições e nervosa".

É bom atualizar o discurso para não ser pego de surpresa pelas línguas e pelo riso da Medusa, como fala Cixous.

• • • • •

## SER MÃE É PADECER NO PARAÍSO

No início de 2022, dois filmes lançados na Netflix causaram *frisson* nas redes sociais e desencadearam análises em jornais e revistas: a comédia satírica *Não olhe para cima*, do norte-americano Adam McKay, e o drama, ou dramalhão, *A filha perdida*, da também norte-americana Maggie Gyllenhaal. Este último é uma adaptação do livro *La figlia oscura* (*A filha perdida*, na tradução brasileira), da festejada escritora italiana Elena Ferrante.

Vale lembrar aqui Linda Hutcheon, para quem "talvez devêssemos pensar o fracasso de certas adaptações não em termos de fidelidade a um texto anterior, mas de falta de criatividade e habilidade para tornar o texto adaptado algo que pertence ao seu adaptador e que é, portanto, autônomo" (tradução de André Cechinel). Não li o livro de Ferrante, portanto, falarei do filme como obra autônoma, destacando a figura da mãe, ao redor da qual orbita todo o enredo, fato que foi evidenciado nos comentários, principalmente por mulheres e mães que se viram representadas pela protagonista. Ela é uma mulher de 48 anos, professora de literatura e tradutora, mãe de duas moças, que foram abandonadas por ela quando crianças e deixadas aos cuidados do pai por três anos. Embora a progenitora tenha voltado ao lar, esse lapso maternal a marcou para sempre e essa lembrança vem à tona enquanto ela passa férias na Grécia e observa uma mãe com uma filha na praia.

Tratando-se de ficção, não se pode esperar um realismo extremo, mas no filme tudo parece muito forçado e risível. A professora chega à Grécia, nos dias de hoje, com uma mala cheia de livros, segundo informa ao carregador, mas não leva o computador e parece não abrir a tal mala. Se abrisse, certamente, o filme seria mudo, pois em uma parte do tempo ela estaria lendo e em outra parte traduzindo ou escrevendo. Aliás, a vida acadêmica é retratada de forma tão caricata e os clichês são tantos que um estudante na primeira fase de qualquer curso poderá, a meu ver, se sentir constrangido.

No passado, a protagonista, já casada e mãe de duas meninas, se apaixona por um professor, depois de assistir a uma palestra proferida por ele. Na sua fala cheia de gracinhas, o mestre cita nomes de pensadores, teóricos e escritores que não estão ligados a um tema específico, e, depois, recita um poema para ela, que, embora tenha um sentido, dentro de um filme feminista, parece reforçar apenas seu pedantismo acadêmico. Mas, ainda assim, essa moça tão inteligente se apaixona por ele. Eis o primeiro sinal de que ela não está bem.

Mas vejamos a figura das mães no filme. Numa praia paradisíaca, a protagonista de repente se vê retratada em outra mãe acompanhada da filha. Só ali, naquele momento, depois de anos, ela revê sua história. Parece estranho ela ter se fixado nessa mãe particularmente como se nunca tivesse cruzado com outras mães com filhos ao longo de sua trajetória — por exemplo, as alunas da universidade onde leciona e que estariam tão mais próximas da história dela. Essa mãe na praia não trabalha, desfruta o sol e está em busca de realização sexual, algo que a protagonista, quando tinha a idade dela, também buscava.

Além disso, outro ponto em comum entre essas duas mães é o fato de serem pequeno-burguesas. *A filha perdida* fala, parece-me, de e para mulheres pequeno-burguesas que trabalham porque querem, por satisfação pessoal, não porque precisam sustentar a família. Concomitantemente, cuidam dos filhos e da casa, e sofrem de uma espécie de "problema sem nome", como se denominou no século passado a angústia sofrida pelas mães donas de casa dos subúrbios norte-americanos, tema do livro *A mística feminina*, de Betty Friedan.

A propósito, as filhas da protagonista estavam sempre em casa com ela. Pergunto se não iam ao jardim de infância. Ou será que os pais eram a favor do ensino domiciliar? As mães, por mais culpadas que se sintam, quando deixam os filhos no colégio sentem um certo alívio e uma sensação de dever cumprido. Pois, enquanto eles estudam para o bem deles, essas mães podem sair de casa sem culpa, para ir ao *shopping*, ao salão de beleza; podem também escrever um texto, traduzir alguma coisa, estudar etc. Quando os filhos estão em casa, essas mulheres pequeno-burguesas, de classe média, principalmente nos Estados Unidos e na Itália (origem do filme e do livro), por não terem condições de pagar uma babá ou alguém para auxiliar no serviço doméstico, voltam à labuta entre quatro paredes. Hoje, algumas já contam com a ajuda dos maridos, mas parece não ser o caso da protagonista.

As mães com recursos financeiros costumam deixar os filhos com as babás. De modo que todas aquelas atividades mencionadas acima (ir ao *shopping* etc.) podem ser realizadas praticamente sem culpa (onde há uma mãe, há culpa) a qualquer momento. Basta chegar em casa e fazer um agrado aos pequenos ou levar presentes para eles, como o fez a protagonista do filme, quando retornou de uma viagem.

O que dizer das mães sem recursos financeiros que são obrigadas a trabalhar com ou sem a ajuda dos maridos para sustentar a prole? Muitas dessas mulheres deixam seus filhos em casa, por vezes sozinhos, para ir cuidar dos filhos de outras mães. Não poucas deixam os filhos pequenos com tias, mães etc. para tentar a vida em outra cidade, com o sonho de mais tarde mandar buscar a prole. Quanto de culpa elas carregam? Teriam tempo para pensar em culpa ou estariam mais preocupadas com a sobrevivência dos filhos? Os filhos ficam, enfim, traumatizados?

No filme, algo que chama a atenção é o comportamento das crianças. As filhas da protagonista não param de gritar nem mesmo quando ela está ao telefone ou trabalhando. A menininha da praia perde a sua boneca e deixa a mãe desesperada por dias. O que acontece com essas mães que não conversam com os filhos? A protagonista, tão inteligente, poderia conversar com as meninas, acreditando que elas, mesmo crianças, são capazes de entender seus argumentos e conselhos. Talvez a mãe pudesse ler um texto de Adorno em que ele compara a inteligência das crianças às antenas do caracol. Essa mãe à beira de um ataque de nervos poderia explicar que ela gosta de estudar, de trabalhar e que, quando ela estiver trabalhando, elas não podem ficar interrompendo-a toda hora. Poderia dar um quebra-cabeça para elas montarem, inventar uma atividade para fazerem enquanto ela estiver trabalhando; e também lhes ensinar respeito e limites. O mesmo serve para a mãe da menina que perdeu a boneca — não deveria conversar seriamente com a filha?

Essas mães são reféns dos filhos, porque acreditam que estar disponível para eles vinte e quatro horas por dia é uma forma de amor, porque foram ensinadas a pensar assim. Foram ensinadas também que ser mãe é padecer no paraíso, de modo que não podem sentir prazer, a menos que ele esteja relacionado às suas crias. O filme parece reforçar, afinal de contas, esse dito popular. Está aí a grande discussão que ele levanta.

A respeito da boneca, a protagonista leva o brinquedo para a sua casa, furta o objeto da menina, mesmo sabendo do desespero da criança. O fato de ela levar consigo uma boneca, interagir com ela e escondê-la no armário da cozinha é uma prova concreta de que essa mulher precisa de ajuda: ela não representa todas as mães, nem mesmo as pequeno-burguesas; se representasse, o mundo estaria perdido. Se os espectadores pensarem que todas as mulheres são de fato assim, logo iremos, na primeira tensão pré-menstrual, para o sanatório.

Essa protagonista está doente e não se importa se vier a matar alguém... sem *spoiler*.

• • • • •

## DIA INTERNACIONAL DA MULHER: UM PANFLETO

Em março de 2023, mês em que se comemora o Dia Internacional de Mulher, a Tate Modern (Londres) exibiu os trabalhos do coletivo feminino *Guerrilla Girls* (*Guerrilla* mescla as palavras guerrilha e gorila), composto por artistas e profissionais de outras áreas, todas anônimas, que usam nomes de artistas famosas e escondem seus rostos (identidades) com máscaras de gorilas. O coletivo foi criado em 1985 para protestar contra uma exposição no Museu de Arte Moderna (MoMA), em Nova York, que reuniu obras de 169 artistas, sendo apenas 13 deles mulheres. O *Guerrilla Girls* então espalhou panfletos denunciando não só a misoginia como também a invisibilidade relacionada à raça e à opção sexual.

Dos anos 1980 para cá, as mulheres deram um pequeno passo. O MoMA dos anos 80, por exemplo, não é mais o mesmo. Na segunda década do século XXI, o museu passou a exibir lado a lado as obras de artistas famosos que formaram um casal, tais como Jackson Pollack e Lee Krasner, Robert Delaunay e Sonia Delaunay, etc. Diante disso, é possível avaliar o quanto um artista estimulou esteticamente o outro, sem hierarquia de gênero.

No contexto brasileiro, para trazer a discussão para o hemisfério sul, basta abrir os maiores jornais do país para perceber que são os homens que assinam a grande parte das matérias consideradas importantes; aliás, os editores são quase majoritariamente do sexo masculino. Às mulheres cabe um pequeno espaço, muitas vezes como colunistas sociais, ou escrevendo textos leves e resenhas (elogiosas) de livros de homens publicados por grandes editoras etc. Ultimamente, contudo, as mulheres têm se dedicado a escrever mais sobre livros assinados por mulheres, cujas histórias se baseiam em suas próprias experiências.

Se as mulheres avançaram na área da cultura, parece que agora correm o risco de retroceder ao cair na armadilha de se fechar no próprio espaço e falar apenas de suas experiências hodiernas. Nessa temática, em que elas têm lugar de fala, pelo menos são ouvidas, mas isso é o bastante. Um dos cartazes do *Guerrilla Girls* arrola uma lista de indícios que sugere que as mulheres e outras "minorias" estariam sendo enroladas. Um outro diz que: "Todos sabem sua raça, seu gênero, sua orientação sexual, mesmo quando não conhecem o seu trabalho". Um terceiro alerta para o fato de que um curador (que pode ser substituído por editor, diretor etc.) só dará espaço às mulheres depois de um protesto do *Guerrilla Girls*.

No final de semana que antecedeu o Dia Internacional da Mulher, os suplementos de cultura dos maiores jornais do Brasil foram majoritariamente escritos por homens, que falaram sobretudo de homens; mais uma vez as mulheres ficaram com os temas que lhes são "pertinentes". A edição de março de 2023 de uma revista literária importante de São Paulo, editada por uma mulher, traz um especial sobre Elena Ferrante, cujos livros abordam o mundo feminino, ressaltando, mais uma vez, estereótipos relacionados à literatura escrita por mulheres.

Os homens circulam livres e sem constrangimento por onde querem, nada mais natural. Eles têm todo o direito de fazer isso, assim como as mulheres também deveriam ter o mesmo direito. Tenho a impressão, contudo, de que, quando as mulheres saem do "quintal de casa", elas podem até falar, mas não são ouvidas, talvez porque seus pontos de vista sejam considerados pouco relevantes.

Em outro cartaz do *Guerrilla Girls*, cuja metade está em branco, lê-se: "Você está vendo menos da metade do panorama. Sem a visão das artistas e dos artistas de cor". Vamos continuar percebendo metade do panorama, acrescento eu agora, enquanto as mulheres e demais minorias permanecerem silentes ou ocupando apenas os espaços que são concedidos a elas pelos homens, não exatamente quando eles querem, mas quando nós protestamos.

• • • • •

## A MELHOR MÃE

Dois filmes marcaram o Oscar de 2022: *Mães Paralelas*, com roteiro e direção do cineasta espanhol Pedro Almodóvar, cujo universo feminino é uma constante em seus filmes, como *Tudo sobre minha mãe*, *Volver* e *O que eu fiz para merecer isso?*; e *A filha perdida*, uma adaptação do livro de mesmo nome de Elena Ferrante, dirigido pela norte-americana Maggie Gyllenhaal. Penélope Cruz e Olivia Colman, as protagonistas dos filmes de Almodóvar e de Gyllenhal, respectivamente, concorreram na categoria de melhor atriz, mas não levaram a estatueta.

Mas todos nós ganhamos. Seus papéis desencadearam uma série de debates (muitas vezes acalorados) envolvendo principalmente mulheres, que se colocaram no lugar das duas personagens.

Janis, personagem de Penélope Cruz, desejava ser mãe, e foi mãe solo, o que não a impediu de seguir trabalhando e lutando para encontrar o cadáver do avô, morto pelo grupo fascista Falange Espanhola — para tanto, não se furtou a pedir ajuda para cuidar de seu bebê; e, mais, para protegê-lo, não se furtou a mentir. Já Leda, personagem de Buckley/Colman, não conseguiu conciliar o estudo com a criação de duas filhas pequenas, com a ausência do marido e com a possibilidade de um novo amor — uma armadilha que ela mesma ajudou a criar, talvez inconscientemente, e da qual escapar era, para ela, a única salvação.

A diferença entre as duas é que Janis parece ter lido a escritora nigeriana Chimamanda Ngozi Adichie. Numa carta endereçada a uma amiga com um bebezinho, a escritora feminista aconselhou: "Seja uma pessoa completa. A maternidade é uma dádiva maravilhosa, mas não seja definida apenas pela maternidade. Seja uma pessoa completa. Vai ser bom para sua filha. Marlene Sanders, a pioneira jornalista americana, a primeira mulher a ser correspondente na Guerra do Vietnã (e ela mesma mãe de um menino), uma vez deu este conselho a uma jornalista mais jovem: 'Nunca se desculpe por trabalhar. Você gosta do que faz, e gostar do que faz é um grande presente que você dá à sua filha'" (tradução de Denise Bottmann).

Leda, porém, parece não ter lido a mesma carta na qual Adichie também enfatiza: "você não deve ser 'mãe solo', isto é, fazer as coisas sozinhas, a menos que seja realmente mãe solo", o que ela não é.

Além dessas duas mães, muitas outras foram trazidas à tona nessas discussões: as que não queriam ter filhos, mas que depois se apaixonaram por eles (é o caso, aliás, de outra personagem de *Mães Paralelas*); aquelas que abortam (valeria a pena ler *O acontecimento*, de Annie Ernaux); aquelas que não sentem afeto pelos filhos; aquelas que sufocam de amor os filhos; aquelas que optam por cesariana; as que preferem parto normal etc. São tantas figuras maternas que ficou difícil chegar à conclusão de quem deveria levar o Oscar de melhor mãe.

Será que existiria a mãe ideal, a melhor mãe ou o modelo de maternidade? Muitas mulheres buscam um modelo: as próprias mães, as avós, as influenciadoras digitais (parece que estas últimas estão na moda). Essas visões sobre a maternidade, reproduzidas nesses dois filmes em especial, mostram que não há um protótipo de mãe e que devemos — me incluo aqui — traçar nossos próprios caminhos, cometer nossos erros e acertos e carregar nossas culpas. Além disso, não somos obrigadas a ser mães.

A propósito, não me agrada a afirmação de que uma das diferenças entre homens e mulheres consistiria em que elas "podem ter filhos, os homens não", como, surpreendentemente, afirma Adichie. Acredito que caberia outra fórmula: as mulheres podem dar à luz, os homens não, mas os homens têm filhos, assim como as mulheres, e as responsabilidades dos dois deveriam ser as mesmas.

• • • • •

## VENDENDO A MÃE CONTEMPORÂNEA

Na literatura atual escrita por mulheres, há mães para todos os gostos: as boas, as más, as fortes, as fracas, as doentes, as desmemoriadas, as memoráveis, as invisíveis, as "normais" (talvez as que incorporem todas as características anteriores) etc. A maternidade, porém, não é um tema crucial apenas para essa geração de autoras. A história da literatura e das artes mostra que a maternidade já foi amplamente esmiuçada. A lista de artistas homens que se debruçaram sobre a figura da mãe é enorme. Para citar uns poucos exemplos de diferentes gêneros, temos a tragédia grega *Édipo Rei*, de Sófocles, a ópera *Jenufa*, de Leoš Janáček, o conto "A mãe dos monstros", de Guy de Maupassant, os romances *Minha mãe*, de Georges Bataille, e *As três filhas da mãe*, de Pierre Louÿs, a obra *Minha mãe morrendo*, de Flávio de Carvalho, os filmes *Psicose*, de Alfred Hitchcock, *Tudo sobre minha mãe* e *Mães paralelas*, de Pedro Almodóvar e a música *My mom* ("Minha mãe, amava Valium e várias outras drogas É por isso que eu sou do jeito que eu sou, porque eu sou igual a ela"), de Eminem. A figura materna é múltipla, real e, por vezes, mítica. Falar dela nunca foi privilégio, como se verifica, apenas de autoras ou de autoras que se tornaram elas próprias mães.

O que mudou nestes últimos anos talvez seja o fato de que as escritoras estejam criando conscientemente uma literatura de "autoajuda" sobre a experiência da maternidade, a qual lhes permite compartilhar com as leitoras seus medos, traumas etc. À medida que os títulos se proliferam e as vendagens se tornam expressivas, essa literatura acaba se transformando em objeto de uma terapia coletiva, abrindo inclusive espaços em diferentes mídias para novos depoimentos das autoras. Não deixa de ser reconfortante saber que não estamos sós, que não somos as únicas com mães disfuncionais, que não somos as únicas mães a errar... No sentido de arte como terapia, parece-me que esse modelo tem dado muito certo no mercado do livro atual. Dois lançamentos de livros sobre mães estavam previstos para o mês de maio daquele ano (2024), *Uma mulher*, da vencedora do Prêmio Nobel de Literatura Annie Ernaux, e *Três camadas da noite*, de Vanessa Bárbara. Ambos foram publicados pela Fósforo.

De um modo geral, a literatura contemporânea sobre a maternidade escrita por mulheres não vem mais carregada das alegrias que ela poderia proporcionar, como se descreveu em outras épocas. O que tem ganhando espaço é outro retrato, considerado mais realista ou contemporâneo. Talvez por isso mesmo, essa maternidade desmistificada virou *commodite* e a expressão "vender a mãe" nunca fez tanto sentido como agora. Um dia, contudo, o cordão umbilical que liga a mulher à sua progenitora será cortado, e também a sua própria experiência de maternidade será revista e até posta do avesso.

A expressão “vender a mãe” remete a um famoso conto de Hilda Hilst, “Teologia Natural”, publicado em 1977, no livro *Ficções*. “Teologia Natural” discorre sobre a relação entre mãe e filho, que vivem na pobreza — “a cara do futuro ele não via”. Ao final de mais um dia extenuante de trabalho, o filho chega em casa sonhando com “melhorança se conseguisse comprar os apetrechos”. De repente, veio-lhe uma ideia: “venda uma coisa. Tiô”. Restava-lhe saber o que vender: “na cidade tem gente que compra até bosta embrulhada, se levasse concha, ostra, ah mas o pé não aguentava o dia inteiro na salina e ainda à noite à beira d’água salgada...”. Ao entrar em casa, ocorreu-lhe a solução: vender a mãe, mais tarde a compraria de volta, obviamente. Mas, nesse momento, era preciso vendê-la, não sem antes melhorar um pouco a sua aparência: “branqueá-la” com cinzas, “esconder a corcova” etc. Assim, o filho saiu com ela às costas pensando no “sonhado comprador”.

Ao tratar do relacionamento entre mãe e filho, Hilst não cai em nenhum clichê, não dramatiza a pobreza, a falta de futuro da dupla, a escolha pouco ética do filho. Há na sua narrativa, como disse Leo Gilson Ribeiro, na apresentação da primeira edição de *Ficções*, “uma desapiedada visão do animalesco, do visceral agarrado como molusco repelente a um altar incompreensível”. O fato é que o conto, passadas algumas décadas, ainda produz espanto. Talvez por isso, a escritora ainda carregue, como afirmou o crítico, “involuntariamente um estigma: o de nunca vir a ser popular, agradável, acessível. Ela que ambiciona tanto ser discutida, focalizada, continuará por uma espécie de condenação intrínseca incompreensível para a maioria”.

Segundo o escritor alemão Thomas Mann, “o mistério da narrativa — podemos muito bem falar de mistério — é tornar interessante o que deveria ser enfadonho”. Como fez, por exemplo, Luci Collin no conto “auto-oxidação”, de 2001, no qual a escritora descreve a maternidade sem dar grandes pistas de ser esse o seu tema e sem mencionar em nenhum momento os filhos: “tenho: sogro e sogra, conta de luz-água-telefone-celular-tv a cabo, freezer combinando com a geladeira, convite pra festa de aniversário de criança aos sábados, toalha de natal com rendinha, estrias discretas, receita de pão de queijo, seguro contra incêndio, jogo de porcelana inglesa completo menos a terrina que a empregada derrubou, cabelo precisando de um banho de óleo, liquidificador no conserto. e [sic] o pior de tudo: saudades".

As melhores narrativas sobre a maternidade provavelmente sejam aquelas que souberam guardar o mistério e não caíram na armadilha de se tornarem réplicas umas das outras, pois se o tivessem feito, fatalmente seriam enfadonhas, o que enfraqueceria o seu interesse.

Não poderia concluir esta discussão sobre a escrita devotada à figura materna sem mencionar um dos romances mais significativas da nossa literatura contemporânea: *A Mãe da Mãe da sua Mãe e suas filhas*, de Maria José Silveira, publicado em 2002. A obra conta um pouco da história do Brasil ao mergulhar na miscigenação racial e trazer à luz gerações de mães e filhas que chegaram, por fim, à Presidência da República, mas não por muito tempo.

• • • • •

## O ESPAÇO MINGUADO DAS MULHERES

Poucos sabem, mas a poeta norte-americana Emily Dickinson foi premiada em 1856: seu pão de centeio e milho (*Rye and Indian bread*) ficou em segundo lugar em um concurso realizado na sua cidade natal, Amherst, e, em razão desse sucesso, ela foi convidada para integrar a comissão do concurso no ano seguinte; ao que tudo indica, não compareceu. Quanto aos seus dons artísticos, eles só foram descobertos pelos leitores depois da sua morte.

Dickinson passou uma boa parte da vida reclusa, escrevendo poesia. Vivia, como muitas mulheres dos séculos passados, dentro de casa, mas, diferentemente das mulheres de sua época, ela se reinventou em seu quarto, onde permaneceu até a sua morte. Vale lembrar que Amherst fica no estado de Massachusetts, onde, no final dos anos 1600, mulheres que pensavam ou agiam de forma dissonante eram queimadas vivas. As bruxas de Salém ficaram particularmente conhecidas, mas elas não estavam sós: havia "bruxas" em outras cidades vizinhas.

Dentro do quarto, Dickinson foi aos poucos desaparecendo para amigos, parentes e vizinhos, mas reapareceu para si mesma como poeta, uma das maiores que o mundo já conheceu.

No recém-lançado *Recordações da minha inexistência*, a feminista norte-americana contemporânea Rebecca Solnit afirma que a mulher ainda hoje "não deve" ocupar espaço, talvez por isso exige-se que ela seja magra, é quase uma forma de desaparecer. Passar fome seria, diz Solnit, "a maneira como você se desculpa por existir, ou vai escorregando para a inexistência [...] essa diminuição física tem seus equivalentes na maneira como vivemos, nos movimentamos, falamos ou nos abstemos de fazer tudo isso" (tradução de Isa Mara Lando).

Em *As inseparáveis*, romance de cunho biográfico de Simone de Beauvoir, ela discorre sobre a vida de sua grande amiga Élisabeth Lacoin, ou Zaza, como ela a chamava. Zaza era uma moça talentosa e espirituosa que, como costumava afirmar Beauvoir, segundo sua sobrinha Sylvie Le Bon Beauvoir, "morreu porque tentou ser ela mesma e foi convencida de que essa pretensão era um mal" (tradução de Ivone Benedetti). Zaza não tinha um quarto só dela (para parafrasear Virginia Woolf), a fim de, como o fez Emily Dickinson, se reinventar e ressurgir para si mesma. Ao contrário, "Zaza não tem um só momento para si mesma, não lhe é concedido nenhum tempo privado, nem para o violino, nem para os estudos, o privilégio da solidão lhe é recusado", denunciava sua amiga.

Além disso, a mãe a sobrecarregava de tarefas. Parece que as mulheres vivem sobrecarregadas, afinal, lembra Virginia Woolf, elas, "desde os primeiros tempos até os dias de hoje, têm dado à luz a população do universo. Atividade que toma tempo e energia". Talvez por isso Woolf não tenha tido filhos.

Há ainda hoje um mito nos programas de pós-graduação, pelo menos no Brasil, o de que quando se tem filhos não se termina mais a pesquisa, ou o trabalho atrasa. Interessante pensar que essa narrativa só se aplica à mulher, como se ela fosse a única responsável pela prole. Não se ouve, por exemplo, "fulano será pai: agora não terminará a tese/dissertação". Estou falando de um ambiente esclarecido, em que homens e mulheres deveriam ser vistos, obviamente, como iguais.

O fato é que, um século depois da premiação de Dickinson, alguns anos após a desaparição de Zaza e a constatação de Virginia Woolf de que a mulher tem muitos afazeres com o cuidado da prole, Clarice Lispector teria aconselhado Lygia Fagundes Telles a não sorrir muito. Diz a autora de *As meninas*: "Ela não gostava de me ver sorrindo para fotos e dizia: 'Liginha, não sorria, escritoras que sorriem não são levadas a sério'". O sorriso esboça algo de nossa personalidade, é uma forma de mostrar que não somos neutras e, talvez, uma escritora, uma intelectual etc. devesse ser neutra: nem homem nem mulher, nem feliz nem triste. Talvez devesse desaparecer como pessoa — apenas a escrita a represente. Aliás, os animais não sorriem.

Mereceria um sorriso o recente voto de um ministro do Supremo Tribunal Federal (STF) para abolir a tese jurídica da chamada "legítima defesa da honra", aquela que livrou Doca Street da cadeia no primeiro julgamento em 1979, em que foi acusado pela morte da *socialite* Ângela Diniz, cujo "erro" foi tentar existir, não dentro de um quarto como fez Dickinson, mas sim no espaço público. Em um outro livro intitulado *Wanderlust: A History of Walking* (Desejo de viajar: uma história da caminhada), Solnit afirma que "a sexualidade das mulheres é controlada através da regulamentação do espaço público e privado. Com o objetivo de manter as mulheres 'privadas' ou sexualmente acessíveis para um homem e inacessíveis a todos os outros".

Na segunda década do século XXI, estaria mais do que na hora de a mulher dar uma boa gargalhada em público, acredito eu.

• • • • •

## AS MULHERES E A GUERRA

Em 1944, a poeta polonesa Anna Swirszczynska participou, como enfermeira, do Levante de Varsóvia, quando, ao longo de 63 dias, a população civil lutou sem sucesso para libertar a capital do controle nazista. O massacre da população foi relatado por Anna Swir (como é conhecida nos países de língua inglesa) em *Eu construía a barricada* (Dybbuk, 2017). Segundo Piotr Kilanowski, que assina a tradução do livro, "o dever da testemunha, o dever do ser humano, o dever da poeta é lembrar que a 'guerra não tem rosto de mulher', como disse Svetlana Alexiévitch". Essa consciência levou Swir a escrever sobre os horrores que presenciou.

Seus relatos são sucintos, talvez porque não coubessem muitas palavras para descrever o que havia testemunhado: "Aqueles que deram a primeira ordem para o combate/ que contem agora nossos cadáveres.// Que vão pelas ruas/ que não existem/ pela cidade/ que contem pelas semanas pelos meses/ que contem até a morte/ nossos cadáveres", lê-se no poema que encerra seu livro.

Em *Diante da dor dos outros* (Companhia da Letras, 2003), a norte-americana Susan Sontag lembra que, frente aos massacres diários nas trincheiras da Primeira Guerra Mundial, o norte-americano naturalizado inglês, Henry James, "o venerável mestre do intrincado ofício de tecer um casulo de palavras em torno da realidade, o mago da verbosidade", declarou ao *The New York Times*: "Em meio a tudo isso, é tão difícil fazer uso das palavras como suportar os pensamentos. A guerra esgotou as palavras, elas se enfraqueceram, deterioram-se [...]" (tradução de Rubens Figueiredo).

Anna Swir levou trinta anos para publicar seus poemas. Seus versos são uma forma de combate, de combate à guerra. Nesse sentido, ela parece concordar com o poeta inglês William Blake, que escreveu: "Não desistirei da luta mental".

Outra escritora que se debruçou sobre o tema da guerra, ou melhor, sobre como impedi-la, foi Virginia Woolf. A guerra, para ela, também era assunto de homens; mas será que caberia aos homens trabalhar e guerrear, e às mulheres apenas chorar? Recomendo o seu importante *As mulheres devem chorar... ou se unir contra a guerra: patriarcado e militarismo* (Autêntica, 2019), organização e tradução de Tomaz Tadeu da Silva.

Vale destacar que na época de Woolf e de Swir as mulheres não estavam nos ministérios, não ocupavam cargos na política de seus países. A romancista inglesa afirma: "todas as pessoas produtoras de ideias que estão em posição de fazer com que as ideias sejam eficazes são homens". Décadas mais tarde e com mais mulheres em posição de poder, Susan Sontag ainda parece replicar Woolf: "a guerra é um jogo de homens — que a máquina de matar tem um gênero, e ele é masculino".

Hoje, em suma, as guerras seguem sendo um "negócio de homens"; basta pensarmos na Ucrânia, Afeganistão, Israel, Palestina, Síria, Nigéria etc. Falo em guerra num sentido amplo: guerra é tudo que dilacera, despedaça, esfrangalha e eviscera. "A guerra calcina. A guerra esquarteja. A guerra *devasta*.", como afirma Sontag.

Temos fracassado, mulheres e homens, há séculos; conhecemos a história, vimos imagens que nos repugnaram, testemunhos aterrorizantes. "Nosso fracasso", diz Sontag, "é de imaginação, de empatia: não conseguimos reter na mente essa realidade" (tradução de Rubens Figueiredo). Nosso fracasso é não enxergar que "a argumentação contra a guerra não depende de informação sobre quem, quando e onde; o caráter arbitrário do morticínio implacável constitui prova suficiente", destaca Sontag.

Portanto, não importa quem matou quem e por que matou. No ensaio "A Ilíada ou o poema da força", Simone Weil, que esteve envolvida na Guerra Civil Espanhola e na Segunda Guerra Mundial, afirma que, para respeitar a vida de outrem, é "preciso um esforço de generosidade de arrebentar o coração. Não se pode supor que nenhum dos guerreiros de Homero seja capaz de tal esforço [...]. Mas, quantos homens conhecemos nós, em vários milhares de anos de história, que tenham dado prova de uma generosidade tão divina? É duvidoso que se possam nomear dois ou três. Por falta dessa generosidade o soldado vencedor é como um flagelo da natureza; dominado pela guerra, tanto quanto o escravo, embora de outra maneira, ele se tornou uma coisa e as palavras não têm poder sobre ele, bem como sobre a matéria" (tradução de Alfredo Bosi).

Ainda hoje, nada parece deter a guerra, nenhum aprendizado, nenhuma imagem, nenhum esforço de generosidade; mesmo assim, acredito eu, com diálogo e troca de ideias podemos nos unir contra ela, a fim de não corrermos o risco de acabar sentadas à mesa com tiranos (como se viu no encontro entre Putin e mulheres, grande parte comissárias de bordo, após a invasão russa da Ucrânia) ou, pior, numa poça de lama, sem entender como paramos ali, tal qual Hans Castorp, o volúvel personagem de *A Montanha Mágica*, de Thomas Mann.

## O PAPEL DA MULHER NA TRADUÇÃO

Recentemente li o livro *A casa do pai*, da escritora espanhola Karmele Jaio, que nasceu em Vitoria-Gasteiz, sede oficial do Parlamento e do governo da comunidade autônoma do País Basco. Em determinada altura do livro (traduzido de Fabiane Secches e publicado pela editora Instante), o leitor fica sabendo que a mulher do protagonista sempre se interessou por literatura e que, na época da faculdade, enviava contos a uma revista, mas largou a escrita para trabalhar em uma biblioteca e se tornar, paralelamente, leitora e revisora dos textos do marido, esse sim o escritor da família. Depois de criar as filhas, essa mulher talentosa decide participar de um clube de leitura feminista, uma espécie de *Blue Stockings Society* (apesar de que, nessa sociedade do século XVIII, os homens também eram convidados a participar). Chamou a minha atenção a seguinte passagem em que o narrador (ou narradora) descreve que a mulher: "[...] voltou para o livro e, depois de ler algumas linhas, levantou a cabeça de novo para dizer algo. Você espera que ela faça algum comentário sobre o que está lendo, como habitualmente faz. Muitas vezes, sobretudo quando lê algum livro do clube de leitura, ela cita o nome da autora, e você nem se atreve a dizer que não conhece. Não quer começar a discussão de sempre, de que se você não está a par do que as mulheres estão escrevendo. É porque não lhes dá valor...".

Nesses últimos anos, o Brasil viveu um *boom* de lançamentos de livros escritos por mulheres de diferentes países e traduzidos, na maior parte das vezes, por mulheres. Talvez esse fenômeno se dê porque, hoje, existem não só mais mulheres tradutoras como também as editoras têm formado conselhos editoriais mais heterogêneos, os quais, isso não é raro, são encabeçados por mulheres.

As mulheres também têm dado atenção ao que as outras escrevem; isso não significa dizer que se criou um nicho ou um "grupinho", do qual a literatura produzida por homens esteja excluída ou pelo qual seja desconsiderada. O que ocorre, parece-me, é algo natural: queremos nos ouvir também e queremos nos dar voz. Nesse sentido, a escolha, quando possível, do que se vai traduzir também pode ser uma escolha política.

Diferentemente das confrarias masculinas, as confrarias femininas nunca foram vistas com bons olhos; basta pensar no termo *bluestocking*, que posteriormente passou a ser considerado um agrupamento de mulheres que falava de forma superficial sobre determinados assuntos, como, por exemplo, literatura. A palavra *gossip*, fofoca em inglês, também tem uma história interessante. Ela é derivada de dois termos *God* (Deus) e *sipp* (aparentado), que, como lembra Silvia Federici, no livro *Mulheres e caça às bruxas*, significava originalmente padrinho ou madrinha, "alguém com uma relação espiritual com a criança a ser batizada". Nos séculos XV e XVI, surgiram muitas canções que descreviam como *gossips* mulheres que se uniam em tavernas para beber, se divertir e fofocar; eram geralmente mulheres da classe média e baixa que se recusavam a se separar das companheiras de taverna quando os maridos as chamavam. Não por acaso o termo se tornou pejorativo e, até hoje, dizem que "fofoca é coisa de mulher".

A propósito, o livro de Federici foi traduzido por Heci Regina Candiani e publicado pela Boitempo. Vale destacar que à frente da direção editorial está Ivana Jinkings; na revisão, Sílvia Balderama Nara; e na apresentação, Bianca Santana. Esses são os nomes de algumas mulheres que parecem ter montado uma "confraria" para que esse livro se materializasse.

No Brasil, os livros escritos por mulheres e lançados nos últimos tratam de temas diversos, que vão desde o gótico, como o livro *Gótico mexicano*, da mexicana Silvia Moreno-Garcia, em tradução de Marcia Heloisa e Nilsen Silva (Darkside Books), à literatura fantástica e desconcertante de *Terra fresca de sua tumba*, da boliviana Giovanna Rivero, em tradução de Laura Del Rey (Incompleta/Jandaíra), passando pela ficção científica de *Kentukis*, da argentina Samanta Schweblin, em tradução de Livia Deorsola (Fósforo). No campo da ficção científica, aliás, no ano passado também foi publicado *Filhos de sangue e outras histórias*, da norte-americana Octavia Butler, em tradução de Heci Regina Candiani (Morro Branco).

Nesta onda de tradução de livros escritos por mulheres, o Oriente Médio não ficou de fora e as vozes das suas escritoras também começaram a chegar em português. Esse é o caso da escritora de Omã Jokha Alharthi, cujo primeiro livro em português, traduzido por Safra Jubran (Moinhos), *Damas da Lua*, escapa dos estereótipos a que estamos acostumadas quando pensamos em mulheres e Oriente Médio. O livro de Alharthi narra a história de uma médica bem-sucedida que se livra de um relacionamento abusivo, pois, assim como outras mulheres, ela sabe que não pertence a nenhum homem em particular. Mas, em sua narrativa, Alharthi descreve também um outro lado de Omã e a história de sua mãe, que é completamente diferente da sua.

Nem todos os livros escritos por mulheres são traduzidos só por mulheres. Tradutores e tradutoras podem, obviamente, traduzir autores de diferentes sexos e de diferentes cores. Gostaria de lembrar que, a respeito do feminismo, bell hooks afirma o seguinte: "o feminismo autoriza homens e mulheres, meninos e meninas, a participarem em condições iguais da luta revolucionária". De modo que é preciso considerar os homens não só como potenciais opressores, mas também, e sobretudo, como potenciais camaradas na luta.

Um dos grandes tradutores da feminista Virginia Woolf, no Brasil, é Tomaz Tadeu da Silva. *Uma mulher estranha*, o primeiro romance da escritora, ativista e feminista turca Leyla Erbil, publicado em 197, foi traduzido por Marco Syrayama de Pinto. No seu livro de estreia, Erbil põe em xeque o papel da mulher, da religião e do sistema político de seu país e lembra que, numa sociedade em que cabe à mulher apenas casar e procriar, a inteligência pode ser um problema: "Mas de que serve essa inteligência se a deixa infeliz e a desvia do caminho certo?", pergunta-se a mãe da protagonista, para quem o caminho certo era o único a ser seguido pelas mulheres — o casamento e a família.

Para citar mais alguns nomes de tradutores de vozes femininas importantes, temos Piotr Kilanowski, que, entre outras, traduziu a poeta polonesa Anna Świrszczyńska, mais especificamente, *Eu construía a barricada* (Dybbuk), um conjunto contundente de poemas sobre o Levante de Varsóvia, um dos acontecimentos mais assombrosos da Segunda Grande Guerra. A poesia completa de Emily Dickinson, em dois volumes (Editora da UnB/Editora da Unicamp), foi traduzida por Adalberto Müller. Já uma antologia de poemas da suíça, radicada na argentina, Alfonsina Storni (1892-1938), foi traduzida por Wilson Alves-Bezerra (Iluminuras). Storni rompeu com os padrões da sociedade e com o papel que cabia às mulheres de sua época: foi uma intelectual independente que trabalhou para pagar seus estudos e criar um filho, mas nunca se casou. Em razão de suas escolhas pessoais, nem sempre foi bem-vista pela sociedade argentina. Sua dedicação à carreira estava em primeiro lugar.

Do século XX para cá, os temas dos livros escritos por mulheres também foram se ampliando. Percebe-se através da literatura o quanto o mundo feminino se expandiu. Há quase um século, em 1929, Virginia Woolf escreveu um artigo intitulado "As mulheres e a literatura" (tradução de Denise Bottmann). Nele a autora inglesa, ao recordar o nome de algumas escritoras como Jane Austen, Emily Dickinson, Charlotte Brontë e George Eliot, destaca que nenhuma teve filhos; duas, aliás, eram solteiras. Ainda que viessem a ter família, diz Woolf, "a literatura era e continua a ser a coisa mais fácil para uma mulher escrever", e o romance, mais "fácil" ainda, pois não precisa ser uma escrita contínua. No século XIX, diz a escritora inglesa, as mulheres estavam "excluídas, por seu sexo, de certos tipos de experiência. Que as experiências têm grande peso sobre a literatura é algo incontestável. A melhor parte dos romances de Conrad, por exemplo, seria destruída se ele não tivesse sido marinheiro". Woolf lembra que, diferentemente dos homens, as mulheres não podiam almejar "qualquer experiência além da que tinham numa sala de estar da classe média. Não lhes era possível nenhuma experiência pessoal da guerra, da política, dos negócios, da vida no mar. Mesmo a vida emocional delas era estritamente regulada pela lei e pelos costumes". George Eliot, por exemplo, não escapou do julgamento da opinião pública: depois de um escandaloso relacionamento com um homem fora do matrimônio, recolheu-se a um "isolamento suburbano que teve, inevitavelmente, os piores efeitos possíveis sobre sua obra". Não é isso que se vê, felizmente, na literatura escrita pelas mulheres no século XX, muito menos, na escrita no século XXI.

Além de livros de ficção escritos por mulheres, estudos sobre o feminismo também vêm sendo traduzidos para o português: como os de Rebecca Solnit, Audre Lorde, bell Hook e Ngozi Adichie, entre outras.

***

Quanto ao trabalho do tradutor e da tradutora, ambos partilham do mesmo desconforto: são uma figura obscurecida. Seus nomes nem sempre constam da capa dos livros, e quase nunca têm espaço para falar do seu trabalho, o qual implica, obviamente, uma leitura crítica do texto traduzido.

No caso das premiações, se formos analisar os maiores prêmios do Brasil, como Jabuti ou Biblioteca Nacional, as tradutoras nem sempre constam da lista de finalistas. No caso do prêmio Jabuti, quando a categoria tradução foi criada em 1962, a vencedora foi uma mulher, Nair Lacerda, pela tradução de *As mil e uma noites* (Saraiva). No ano seguinte, Cecília Meireles levou o prêmio pela tradução de *Poesia de Israel* (Civilização Brasileira). Depois dessas duas edições, a categoria tradução foi retirada do prêmio Jabuti, só retornando em 1978; desde então, os tradutores passaram a ser seguidamente os grandes vencedores.

• • • • •

## MULHERES TRAMANDO FIOS E FORMAS

As mulheres vêm, aos poucos, ocupando o espaço que lhes cabe nas artes. Em 2022, a francesa Annie Ernaux, com suas narrativas centradas em experiências pessoais que refletem a questão feminina, foi a vencedora do prêmio Nobel de Literatura. Outras mulheres têm se dedicado também a relatar suas vivências como mãe, esposa, dona de casa ou trabalhadora (às vezes tudo isso junto) em poemas, romances, performances etc. Dentro dessa temática existencial, que parece ser a tônica do momento, e na qual elas têm lugar de fala, as mulheres vêm chamando a atenção, não necessariamente em razão de ousadia estética, mas pelo fato de seus trabalhos serem vistos talvez como um "estudo de caso".

A história é outra quando elas ousam esteticamente e deixam a temática abertamente feminina em segundo plano. Neste caso, seus trabalhos entram, diria, no espaço "reservado" aos homens e, na disputa por um lugar ao sol, as mulheres acabam sendo colocadas à sombra. A historiadora de arte britânica Katy Hessel lembrou recentemente que "apenas 1% da coleção da National Gallery é feita por mulheres". A National Gallery, em Londres, não é uma exceção, e a situação se repete em muitos outros museus e galerias na cidade e no mundo.

Vez por outra, contudo, as mulheres ocupam espaços importantes e centrais na arte. Em Londres, onde a porcentagem de mulheres em um dos museus mais importantes da cidade é ínfima, três instituições de grande prestígio deram destaque a obras de mulheres, no início de 2023: a Tate Modern, a Whitechapel Gallery e a Serpentine Gallery.

Na entrada principal da Tate Modern, estavam expostos dois conjuntos de quipus gigantescos da artista e ativista chilena Cecilia Vicuña. Os quipus de Vicuña são esculturas aéreas feitas de fios de lã inspirados na cultura andina, que sempre os usou como uma forma de linguagem. Os quipus da artista chilena também têm algo a dizer ao espectador de hoje, o qual, ao interagir com os fios ouvindo o som da floresta, a música andina e alguns recitativos, tem contato com uma cultura e com uma flora ameaçadas de desaparecer.

Na Whitechapel Gallery, que já abrigou Hélio Oiticica e outros neoconcretos, o destaque foi a exposição *Women Artists and Global Abstraction 1940-70* (mulheres artistas e a abstração global 1949-70). Na primeira sala, chama a atenção uma tela enorme da inglesa Helen Frankenthaler, mas logo em seguida o espaço é das latino-americanas, entre elas, a argentina Marta Minujín. Interessante observar que, se não fosse por algumas poucas fotos da performance "Arquiteturas biológicas", de Lygia Clark, numa sala dedicada aos "corpos abstratos", o Brasil não estaria representado. Tomie Ohtake, nascida no Japão, mas que desenvolveu sua arte em São Paulo, se encontra na seção dedicada às abstracionistas asiáticas; já Yolanda Mahalyi e Fayga Ostrower, nascidas na Romênia e Polônia, respectivamente, mas radicadas no Brasil, estão entre as europeias. Obviamente, teríamos muito a contribuir com a exposição se os curadores lançassem um olhar sobre a arte indígena sul-americana, por exemplo, que é abstrata e geométrica desde sempre.

Por muito tempo, as artistas abstracionistas não foram reconhecidas, ou o foram apenas por serem companheiras de outros artistas, esses sim, famosos, como Jackson Pollock e Willem de Kooning. Vale lembrar ainda que elas não dialogaram somente com a obra de homens artistas, mas buscaram inspiração também em suas precursoras, entre outras, as inglesas Georgiana Houghton e Alice Essington Nelson, e as russas Olga Rozanova e Liubov Popova.

Finalmente, a Serpentine Gallery trouxe a obra da artista afro-americana Barbara Chase-Riboud, que, de certa forma, dialoga com a obra de Cecilia Vicuña. Além de dar voz a minorias, principalmente com suas esculturas que homenageiam figuras centrais na luta contra o racismo, como Malcolm X e Mandela, Chase-Riboud também trabalha com fios, numa tessitura muito semelhantes aos quipus da artista chilena. Os espectadores, contudo, não podem interagir com os fios da artista afro-americana, que ora sugerem entranhas do corpo humano, como o aparelho digestivo, ora simplesmente flutuam leves carregando magicamente estruturas pesadas de bronze.

As três exposições constituíram um passo importante e louvável para dar visibilidade a essas ousadas artistas.

• • • • •

## UMA MULHER DAS LETRAS

O fato de a Academia Brasileira de Letras ter aberto as portas, em 2021, para uma atriz como Fernanda Montenegro não deveria causar nenhuma surpresa. Fernanda é de fato uma mulher das letras, no sentido de letrada, versada em letras, erudita, cujos conhecimentos foram adquiridos por meio do estudo. Sua autobiografia, *Prólogo, ato, epílogo: memórias*, publicado em 2019, pela Companhia das Letras, só corrobora esses atributos já amplamente conhecidos, e não só no Brasil.

Com essa escolha, a Academia Brasileira de Letras parece abrir as fronteiras entre categorias que ainda costumamos separar — teatro, dança, música, pintura, performance, escrita etc. Uma coreografia, por exemplo, é uma forma de narrativa do corpo. *Cura*, de Deborah Colker, conta a sua versão da história de Obaluaê, protetor dos doentes e dos pobres, que foi acolhido por Iemanjá depois de ter sido rejeitado pelos seus por ter nascido com problemas de saúde.

Escritores e poetas contemporâneos têm se valido dessa ampla concepção de arte para compor suas obras. Este é o caso do poeta Sérgio Medeiros, que tem se dedicado à escrita hieroglífica em livros como, entre outros, *Dicionário de Hieróglifos* e *Díptico Cinzento*, este sobre "as cinzas das matas [que] não ficarão soltas nem serão esquecidas...", como diz a epígrafe do livro, que é a única frase no alfabeto romano em todo o volume, no qual abundam, porém, glifos de sentido mais ou menos evidente.

Além disso, há outras formas de escrever em português. O acadêmico Guimarães Rosa já havia introduzido essa "nova língua" na academia, mas parece não ter deixado muitos herdeiros na instituição. A respeito dessas novas formas de se expressar em português, vale lembrar o portunhol literário, língua de *Mar paraguayo*, de Wilson Bueno, e de muitos poemas e prosas de Douglas Diegues. O "pretuguês" também está ativo na nossa literatura, e já foi estudado, entre outros, por Lélia Gonzalez. Caberia lembrar que, em outros tempos, Lima Barreto (1881-1922) expressou desejo de entrar para a Academia Brasileira de Letras, mas não teve espaço por lá, como lembra Lilia Moritz Schwarcz, "sua literatura surgia na contramão do modelo da Academia Brasileira de Letras, instituição da qual durante certo tempo acalentou o desejo de fazer parte. Acusado de praticar erros gramaticais em suas edições baratas e sem cuidado, alegou sempre, em seu favor, afastar-se propositadamente do formalismo, dando à sua literatura uma oralidade aproximada ao espetáculo por ele observado nas ruas que percorria diariamente".

Assim como Lima Barreto, Conceição Evaristo, com suas escrevivências "negras", também tentou ingressar, recentemente, na mesma instituição, porém não teve sucesso, apesar de enorme pressão das redes sociais, que muito se empenharam para elegê-la.

Nesse amplo conceito de letras, Fernanda Montenegro poderia ser considerada uma espécie de xamã capaz de estabelecer, dentro da vetusta instituição, contatos entre categorias aparentemente estanques. Que venham outros/as xamãs, outros falares, outros olhares...

Aliás, Gilberto Gil, compositor e cantor, acaba de ser tornar o mais novo membro da Academia Brasileira de Letras — a eleição desse grande nome da cultura popular brasileira não causou nenhuma surpresa, o que é mais uma comprovação de que os tempos são outros.

• • • • •

## A REFORMA ORTOGRÁFICA E A LITERATURA

Comecei assim um artigo que escrevi em 2011: Embora você tenha até 2012 para se adaptar à nova ortografia da língua portuguesa, ela já lhe atingiu em cheio. Ao incluir novas letras no alfabeto (k, w, y), modificar os acentos, rever o uso dos hifens e apagar de vez o trema das palavras, a reforma ortográfica acabou com a sua tranquilidade (agora, sem trema), fazendo você rever muitas das regras de ortografia que tinha acabado, talvez, de aprender.

O novo acordo ortográfico trouxe ainda outras dúvidas ao leitor: o que fazer com seus melhores gibis e livros de estória escritos na velha ortografia? E as legendas dos seus DVDs favoritos, que não estão de acordo com a nova grafia? Até os feitos "heroicos" (agora sem acento) de seus "heróis" preferidos (ainda com acento) terão que ser revistos.

A reforma ortográfica tem por objetivo uniformizar a escrita das palavras nos países de língua portuguesa (Brasil, Portugal, Moçambique, Angola etc.) para que a gente se comunique melhor. Acontece, porém, que uniformizar a grafia das palavras não tem nada a ver com uniformizar a língua, pois, embora as palavras em português passem a ser escritas da mesma forma, aqui e do outro do Atlântico, a construção gramatical das frases, a pronúncia das palavras e a escolha do vocabulário depende de quem usa a língua. Logo, o português continuará sendo diferente no Brasil, em Portugal, em Angola etc. Por exemplo, no Brasil, a gente compra carne no açougue, já, em Portugal, a gente vai à charcutaria.

Fica, então, uma outra pergunta: o que muda na hora de ler livros de autores portugueses, moçambicanos...?

Se, por um lado, com a reforma ortográfica, a ortografia será a mesma nos países de língua portuguesa, por outro lado, as palavras usadas nesses países continuarão diferentes.

Em 2001, o escritor português José Saramago, ganhador do Prêmio Nobel, escreveu uma estória para crianças, *A maior flor do mundo* (Companhia de Letrinhas, 2008). Ele disse que, ao escrever o livro, se preocupou em escolher palavras bem simples, ao alcance dos pequenos leitores. O escritor deve ter pensado nas crianças portuguesas, já que, para as crianças brasileiras, com ou sem acordo ortográfico, as palavras escolhidas por ele, apesar de poéticas, podem fazer bem pouco sentido: "Resolveu cortar a direito pelos campos, entre extensos olivais, ladeando misteriosas sebes cobertas de campainhas brancas, e outras vezes metendo por bosques de altos freixos onde havia clareiras macias sem rasto de gente ou bicho..."

E o que dizer do gato, personagem do livro *O gato e o escuro* (Companhia de Letrinhas, 2008), do escritor moçambicano Mia Couto? Afirma o escritor que, certa vez, o gato "escondeu-se num canto, mais enrolado que o pangolim". Para quem não sabe, Moçambique fica na África e pangolim é mamífero africano e asiático, que se enrola em forma de bola quando atacado.

Enfim, com ou sem acordo ortográfico, palavras e culturas não se aproximam tão fácil assim.

Mas não tem volta, a nova ortografia já é fato no Brasil e o negócio é dar as boas-vindas ao "pinguim", que vem agora sem o trema.

## O ABRAÇO DE URSO DO MEC

Ao ler o novo programa de alfabetização do Governo Federal: "Conta pra mim: guia de literacia familiar", disponível em: <http://alfabetizacao.mec.gov.br/images/pdf/conta-pra-mim-literacia.pdf>, chamou a minha atenção o termo literacia, que substituiu literatura, vista com certa desconfiança por este governo [governo de Jair Bolsonaro] e por aqueles que queimam livros, que banem e matam poetas, como diria George Steiner. Aliás, o auto de fé já é praticado por aqui, pois obras de Paulo Coelho foram queimadas recentemente, conforme se noticiou nos jornais. A literatura, seja oral, seja escrita, gera desconfiança porque tem um poder incalculável, "precisamente porque o mesmo livro e a mesma página podem ter efeitos totalmente díspares sobre diferentes leitores. Podem exaltar ou aviltar; seduzir ou enojar; estimular à virtude ou à barbárie, acentuar a sensibilidade ou banalizá-la. De uma maneira verdadeiramente desconcertante, podem fazer as duas coisas, praticamente ao mesmo tempo", segundo Steiner (tradução de Pedro Fonseca).

À medida que avançava na leitura do projeto do MEC, percebi que ele não privilegiava a literatura. Trata-se, diria, muito mais de um projeto de formação de pais, constrangedoramente simplista: "Literacia Familiar é o conjunto de práticas e experiências relacionadas com a linguagem oral, a leitura e a escrita, que as crianças vivenciam com seus pais ou responsáveis. É interagir, conversar e ler em voz alta com os filhos. É estimulá-los a desenvolver, por meio de estratégias simples e divertidas, quatro habilidades fundamentais: ouvir, falar, ler e escrever! [...] Não é preciso ter muito estudo, materiais caros nem morar em uma casa toda equipada e espaçosa para praticar a Literacia Familiar. As práticas de Literacia Familiar são acessíveis a todos! Bastam duas coisas: você e seu filho! As práticas de Literacia Familiar podem começar durante a gestação e se estender até o final da adolescência".

O Ministério da Educação foi buscar em outros continentes a fundamentação de seu projeto, consultando a Dra. Barbara Hanna Wasik e a Dra. Pascale Engel de Abreu, da University of North Carolina at Chapel Hill e da Université du Luxembourg, respectivamente, cujas instituições estão escritas assim mesmo, na língua original. Se não tivessem declarado guerra a Paulo Freire desde o início do governo, os responsáveis pelo projeto poderiam ter citado as ideias desse grande pedagogo brasileiro, festejado ao redor mundo. Bastaria que se apoiassem em um único livro dele, *Pedagogia da autonomia*, para que suas propostas ganhassem consistência e profundidade. No capítulo "Ensinar não é transferir conhecimento", Freire afirma que o fundamental não é transmitir conhecimento, mas "pensar certo", tarefa difícil, "não porque pensar certo seja forma própria de pensar de santos e anjos e a que nós arrogantemente aspirássemos. É difícil, entre outras coisas, pela vigilância constante que temos de exercer sobre nós próprios para evitar os simplismos, as facilidades, as incoerências grosseiras".

No que tange aos livros, segundo o projeto do MEC, a sua leitura precisa ser intermediada pelos pais, que devem lê-los em voz alta para os filhos e depois discutir seu conteúdo. Steiner afirma que "a maior parte dos adolescentes americanos [cabe lembrar a subserviência atual do Brasil à cultura norte-americana] não sabe ler em silêncio [...]. A intimidade, a solidão que permite um encontro profundo entre o texto e sua recepção, entre a letra e o espírito, é hoje uma singularidade excêntrica psicologicamente e socialmente suspeita".

O projeto destaca que "as histórias infantis tendem a transmitir uma mensagem positiva, apresentando o valor das virtudes, dando conselhos ou ensinando regras de boa conduta". Não há como não citar o dramaturgo e escritor Eugène Ionesco, que foi membro da Academia Francesa de Letras e afirmou, ao ser perguntado sobre as mensagens de seus textos, que era escritor e não carteiro, por isso não entregava mensagens.

Aliás, Ionesco escreveu cinco contos para crianças, mais especificamente para a sua filha Marie-France. Num dos contos, ele explora a livre imaginação e o jogo, dando, por exemplo, nomes diferentes aos objetos (a tradução é minha):

"E papai ensina a Josete o sentido exato das palavras.

"A cadeira é uma janela. A janela é uma caneta-tinteiro. O travesseiro é um pão. Já o pão, o pão é uma cama. Os pés são orelhas. Os braços são pés. A cabeça é o bumbum. O bumbum é a cabeça. Os olhos são dedos. Os dedos são olhos."

Então Josete fala como o seu pai a ensinou a falar. Ela diz:

"— Vejo pela cadeira quando como meu travesseiro. Abro a parede e caminho com minhas orelhas. Tenho dez olhos para caminhar, tenho dois dedos para ver, me sento no chão com a minha cabeça. Ponho meu bumbum no teto. Quando comi a caixa de música, coloquei a compota sobre a cama, e comi uma sobremesa gostosa. Beba a janela, papai, e faça para mim uns desenhos".

A literatura de Ionesco, um autor mundialmente consagrado, vai na contramão do projeto do MEC, que propõe um uso restrito da imaginação: "Brinque de 'eu vejo com meus olhinhos': Adulto — Eu vejo com meus olhinhos uma coisa amarela! Criança — É a bola? Adulto — Não! Criança — É o girassol? Adulto — É quase isso. Só que o que eu estou vendo está bem distante, lá no alto. Criança — Já sei! É o sol! Adulto — Isso mesmo! Acertou! É o sol, que está lá no céu!". E o projeto prossegue: "Acostume-se a ser um narrador! Descreva em voz alta o que você e seu filho estão fazendo ou vendo. Pense em voz alta. Assim, seu filho aprenderá como você resolve problemas". Ouso concluir, todavia, que por esse caminho a criança jamais aprenderá a pensar por si mesma.

Parece-me esclarecedor citar aqui Jacques Rancière, que, no livro *O mestre ignorante*, afirma: "a distância que a Escola e a sociedade pedagogizada pretendem reduzir é aquela de que vivem e que não cessam de reproduzir. Quem estabelece a igualdade como objetivo a ser atingido, a partir da situação de desigualdade, de fato a posterga até o infinito. A igualdade jamais vem após, como resultado a ser atingido. Ela deve sempre ser colocada antes. A própria desigualdade social já a supõe: aquele que obedece a uma ordem deve, primeiramente compreender a ordem dada e, em seguida, compreender que deve obedecê-la. Deve, portanto, ser já igual a seu mestre, para submeter-se a ele. Não há ignorante que não saiba uma infinidade de coisas, e é sobre este saber, sobre esta capacidade em ato que todo ensino deve se fundar. Instruir pode, portanto, significar duas coisas absolutamente opostas: confirmar uma incapacidade pelo próprio ato que pretende reduzi-la ou, inversamente, forçar uma capacidade que se ignora ou se denega a se reconhecer e a desenvolver todas as consequências desse reconhecimento. O primeiro ato chama-se embrutecimento e o segundo, emancipação" (tradução de Lílian do Valle). Assim pensam também Theodor Adorno e Paulo Freire, entre outros pensadores de relevo.

O layout do projeto também causa má impressão, a começar pela informação visual da capa: a cor escolhida é esmaecida, nem verde nem cinza. Bem que ela poderia ser "flicts", uma cor inventada por Ziraldo em seu belíssimo livro homônimo. Mas Ziraldo, como outros escritores brasileiros, não são citados no projeto.

O mascote da proposta do governo, um ursinho, também não me agradou: vestindo uma blusa quentinha com capuz, é como se ele ainda vivesse nos países frios do hemisfério norte, seu habitat natural.

• • • • •

## O LIVRO E SEUS LEITORES

No Dia Mundial do Livro, 23 de abril, uma pergunta que vem à tona é: como converter não leitores em leitores? Afinal, sem leitor, para que serve um livro? Em *Encaixotando minha biblioteca: uma elegia e dez digressões*, o escritor argentino Alberto Manguel responde à primeira pergunta afirmando que "o único método comprovado de fazer nascer um leitor é um que ainda não foi descoberto, que eu saiba" (tradução de Jorio Dauster).

Depois de chegar a essa conclusão, Manguel prossegue e aponta alguns caminhos possíveis para levá-los em direção aos livros. Um deles seria ter um interlocutor apaixonado por livros, pois "às vezes a experiência de um amigo, um pai, um professor, um bibliotecário, obviamente emocionados com a leitura de determinada página, pode inspirar, se não a imitação imediata, ao menos a curiosidade". O fato é que "a descoberta da arte da leitura é íntima, obscura, secreta, quase impossível de descrever", e teria a ver com os diferentes motivos pelos quais os livros atraem os leitores, indo do prazer ao gozo, como diz Roland Barthes.

O texto que dá prazer, diz o crítico francês, é "aquele que contenta, enche, dá euforia; aquele que vem da cultura, não rompe com ela, está ligado a uma prática confortável da leitura" (tradução de Jacó Guinsburg). Mas há também o texto radical "que põe em estado de perda, aquele que desconforta (talvez até um certo enfado), faz vacilar as bases históricas, culturais, psicológicas do leitor, a consistência de seus gostos, de seus valores e de suas lembranças, faz entrar em crise sua relação com a linguagem".

Vale destacar que a leitura, sendo produto da cultura e não um privilégio natural, como esclarecem Pierre Bourdieu e Alain Darbel, requer sempre dedicação e incentivo para que possa ser vivida na sua plenitude. Portanto, para ser um leitor e um fruidor da leitura é preciso "dedicação, afinco e cumprimento de obrigações" (tradução de Guilherme João de Freitas Ferreira). Só a prática obrigatória, conclui Bourdieu, pode conduzir ao verdadeiro deleite. De modo que "o prazer cultivado é irremediavelmente marcado pela impureza de suas origens".

Manguel, ao contrário de Bourdieu, acredita que "a felicidade proporcionada pela leitura, como qualquer felicidade, não pode ser forçada" (tradução de Pedro Maia Soares). O escritor argentino parece ter alguma razão, pois há aqueles que afirmam terem descoberto o prazer da leitura sozinhos e sem "imposição" ou "exemplo" de ninguém; mas esses casos talvez sejam exceções. Graciliano Ramos, por exemplo, declarou, em seu autobiográfico *Infância*, que só "descobriu" os livros quando foi deixado sozinho em uma biblioteca. O escritor e professor italiano Eraldo Affinati, filho de iletrados, também descobriu por conta própria o prazer da literatura comprando livros baratos em barracas e sebos.

Já o escritor nascido em Trinidad e Tobago e vencedor do Nobel de Literatura em 2001, Vidiadhar Surajprasad Naipaul, confessou que, "embora gostasse de livros novos como objetos físicos, não era grande leitor. Gostava de um livro infantil barato, com páginas grossas das fábulas de Esopo, que tinha ganhado, gostava de um volume das histórias de Andersen que comprei para mim com dinheiro que me deram de aniversário. Mas com outros livros — especialmente aqueles de que meninos em idade escolar supostamente devem gostar — eu tinha problemas" (tradução de Rogério W. Galindo).

Naipaul levanta outra questão importante: a dos livros como "objetos físicos", que os leitores manuseiam, cheiram, admiram e que um dia, quem sabe, irão ler; ou aqueles que são apenas decorativos, ou seja, que se compra não para ler, mas para enfeitar prateleiras, e os caros, principalmente livros de arte, deixados sobre a mesa da sala de visitas; esses talvez nunca sejam abertos.

Quem assiste a programas de decoração na TV raramente se depara com uma casa que tenha uma biblioteca ou com uma família que precise e queira um espaço para guardar seus livros. O "coração" da casa não é mais a biblioteca, mas a cozinha em conceito aberto. Teriam os livros dessas pessoas migrado para as bibliotecas digitais?

O fato é que a leitura de livros não faz parte do cotidiano de muitos cidadãos, pois é uma atividade que requer tempo, que anda cada vez mais escasso diante da avalanche de informações telegráficas e imagéticas das redes sociais e da necessidade de "fazer dinheiro". Para quem precisa trabalhar o dia inteiro e volta para casa exausto, ler livros é uma atividade praticamente quimérica. Para outros, os livros podem ser vistos como algo supérfluo; afinal, não precisam ler livros para ser influenciadores digitais (excetuando-se aqueles que trabalham com literatura e cultura) com milhões de seguidores; para assumir uma Secretaria de Cultura ou o Ministério da Educação, nem mesmo para chegar à presidência da República.

Em comemoração à data, o governo de Bolsonaro parece ter decidido atirar para todos os lados ao liberar o apoio da Lei Rouanet para a publicação de um livro sobre "história" das armas no Brasil, *ARMAS & DEFESA: A História das Armas do Brasil.*

• • • • •

## O QUE QUEREMOS SABER?

Desde que o ChatGPT foi anunciado, ele se tornou o centro das atenções e preocupações, não sem razão, pois chegou ameaçando empregos.

Não têm sido poucas as perguntas dirigidas a ele. Eu mesma caí na tentação e pedi ao ChatGPT que escrevesse um texto dramatúrgico híbrido, a partir de duas referências: Machado de Assis e o escritor romeno Eugène Ionesco. Minha intenção era saber como ele trabalharia com ideias, estilos e épocas diferentes. A ferramenta de inteligência artificial cumpriu a missão, como um bom funcionário ou aluno que cumpre seus deveres sem maiores reflexões. Ela me entregou um texto que, acredito, deixaria os leitores que conhecem minimamente as obras de Ionesco e de Machado de Assis tão irritados quanto o professor da peça *A lição*, do escritor romeno.

Acompanhando as entrevistas (das sérias às jocosas) com a inteligência artificial, tive a impressão de que a maior parte delas só se salva graças às perguntas dos entrevistadores, essas muito mais criativas e instigantes do que as respostas meramente protocolares da máquina. A propósito, suas réplicas lembram muito aquelas elaboradas por uma preceptora do escritor argentino Alberto Manguel, as quais "eram sempre breves, factuais, não permitindo réplica ou discussão", conforme ele narra no ensaio "O que queremos saber?" (tradução de Paulo Geiger).

No colégio, Manguel descobriria que, na realidade, as perguntas eram mais excitantes que as respostas, pois, no ato de questionar, havia sempre a "emoção da busca, de promessa de algo que tomava forma enquanto acontecia". Essa epifania se deu quando um professor perguntou a ele e a seus colegas o que queriam saber. Depois de alguns longos minutos de assombro, alguém se atreveu a fazer um questionamento, e as palavras do professor, nesse momento, foram "menos uma resposta do que uma dica para outra pergunta".

O ChatGPT, como a preceptora do Manguel, também responde às questões colocadas, na maioria das vezes dando respostas corretas, ainda que superficiais e sem muitas aberturas para o contraditório. Quando perguntada sobre autoria, por exemplo, a máquina aborda o tema da perspectiva do eixo euro-americano e ignora práticas discursivas dos povos originários, entre outros.

Portanto, no diálogo com a inteligência artificial, a visão crítica do usuário é fundamental, pois só ele seria capaz de contestar a máquina e seu "criador" (os humanos que a alimentam). Resta saber, contudo, se o usuário está disposto a isso.

Nesse sentido, a meu ver, não é só o uso indiscriminado das ferramentas artificiais que deveria nos preocupar. O foco da atenção deveria estar voltado também para a falta de curiosidade das pessoas, as quais têm buscado, cada vez mais, respostas prontas, rápidas e definitivas para tudo.

Mesmo na escola, onde se deveria aprender a pensar, os temas abordados parecem não ser mais suficientes para criar a tal "emoção da busca", que desemboca em questionamentos genuínos. Os professores têm consciência desse fato, assim como têm consciência de que muitas vezes as ferramentas de inteligência artificial são usadas por determinados alunos sem nenhum critério, mas com o único objetivo de cumprir tarefas obrigatórias, a fim de alcançarem o conceito necessário para passar de ano. É bem verdade que o desinteresse dos estudantes não é novo, afinal, já em séculos passados não foram poucos os que copiaram as respostas de enciclopédias, de artigos, de colegas (a famosa cola) etc., sem procurarem entender de fato o que estavam falando. Não é raro também que o próprio professor esqueça a "emoção da busca", ficando preso, por razões diversas, a seu "pequeno" território de atuação.

Em *Do que é feito a maçã: seis conversas sobre amor, culpa e outros prazeres* (tradução de Paulo Geiger), de 2018, o escritor israelense Amós Oz, dialogando com a sua editora Shira Hadad, lembra que, na sua juventude, escritores e poetas exerciam influência na vida das pessoas, principalmente nas épocas revolucionárias.

Oz compara o escritor a um cego que guia um transeunte pela escuridão de uma cidade. Nas épocas revolucionárias, estaríamos na escuridão, e as ideias de escritores, poetas, artistas serviriam de guias, mas "em situações normais, quando há luz na rua, e há táxis e ônibus, e isso e aquilo, quem precisa de um cego para lhe mostrar o caminho?".

Não estamos em tempos normais: a ascensão da extrema-direita, a ameaça da perda de direitos adquiridos etc. são a prova concreta disso. A luz emitida por inteligências artificiais gera uma atmosfera de falsa normalidade. Imersos nessa claridade, precisamos muito de "guia", como os apontados por Oz.

# A MÁSCARA DE EDGAR ALLAN POE E O BRASIL

"Por muito tempo a 'Morte Rubra' devastara o país. Jamais pestilência alguma fora tão mortífera ou tão terrível [...]. Mas o príncipe Próspero sabia-se feliz, intrépido e sagaz. Quando seus domínios começaram a despovoar-se, chamou à sua presença um milheiro de amigos sadios e frívolos, escolhidos entre os fidalgos e damas da corte, e com eles se encerrou numa de suas abadias fortificadas". Assim começa o conto "A máscara da Morte Rubra", do norte-americano Edgar Allan Poe (1809-1849) (tradução de José Paulo Paes).

O conto foi publicado pela primeira vez em maio de 1842 na *Graham's Magazine*. Umas das fontes dessa história gótica teria sido um relato do poeta e escritor Nathaniel Parker Willis, conterrâneo e colega de trabalho de Poe. Nele, Willis narrava um "baile de cólera", de que teria participado em Paris. "A máscara da Morte Rubra" fez sucesso e foi também fonte de inspiração para outras histórias de horror, entre elas "O intruso", de H.P. Lovecraft. O que é mais intrigante agora é que, no Brasil, talvez estivéssemos, nos anos da pandemia da covid-19, vivendo o relato de Poe na vida real.

O romancista austríaco Robert Musil já dizia que "O poeta se antecipa ao progresso político. (O que é poesia um pouco mais tarde será política)". Se essa afirmação procede, poder-se-ia dizer que vivenciamos a primeira parte do mencionado conto de Poe quando, no dia 15 de março de 2020, o presidente da República do Brasil incentivou o povo a ir às ruas para festejar seus "feitos" em plena pandemia da covid-19; não bastasse isso, cumprimentou parte de seus "amigos sadios e frívolos", que se acotovelavam na frente de sua "abadia".

Nosso "príncipe Próspero", que não se curva a qualquer peste, por prepotência, tal como no conto de Poe, decidiu ainda comemorar seu aniversário com seus escolhidos na sua fortaleza, no dia 22 de março.

Na abadia do século XXI, tal como na do século XIX, amplamente abastecida, "O mundo externo que se arranjasse. Por enquanto, era loucura pensar nele ou afligir-se por sua causa. O príncipe tomara todas as providências para garantir o divertimento dos hóspedes. Contratara bufões, improvisadores, bailarinos, músicos", narra Poe. Quanto aos convidados brasileiros do presidente, cabe-nos perguntar quem eram eles e por que ignoraram a "furiosa pestilência lá fora".

A festa do Palácio do Planalto, assim como a festa imaginada pelo escritor norte-americano, durou algumas semanas e se espalhou por outras salas, ou melhor, por outras pastas do governo. Certos "comensais" do governo brasileiro, aliás, já atuaram como se estivessem de fato em um baile de máscaras, em que é permitido tirar e colocar as máscaras a seu bel-prazer diante da população, apostando mais na performance do que na profilaxia diante da situação emergencial de saúde que o Brasil atravessou.

Cumpre destacar que, no conto de Poe, "luz alguma emanava de lâmpada ou candelabro em qualquer das salas", as quais foram estranhamente decoradas pelo príncipe. A propósito, onde estavam a secretária especial de Cultura, o ministro da Cidadania e o da Infraestrutura?

Talvez "um braseiro cuja luz, filtrando-se através dos vitrais", pudesse ter iluminado ainda a sala do Ministério da Saúde, como diria Poe, mas vemos que a iluminou cada vez menos.

Parece que alguns amigos do presidente nem pressentiram que no Brasil, assim como no principado do conto de horror, existia uma "sala negra", descrita por Poe da seguinte forma: "Na sala negra [...] havia, encostado à parede oeste, um gigantesco relógio de ébano. Seu pêndulo ia e vinha num tique-taque lento, pesado, monótono. Quando o ponteiro dos minutos completava a volta do mostrador e a hora estava para soar, saía dos brônzeos pulmões do relógio um som limpo, alto, agudo, extremamente musical, mas de ênfase e timbre tão peculiares que, a cada intervalo de hora, os músicos da orquestra viam-se constrangidos a interromper momentaneamente a execução para ouvi-lo. Nesses momentos, era forçoso que os dançarinos parassem de dançar, e um breve desconcerto se apoderava da alegre companhia". Os "brônzeos pulmões" alertaram, certamente, para a gravidade da covid-19.

O fato é que a atitude e o discurso do chefe maior da Nação retumbaram no comportamento e no discurso de quem o cercava. Volto a citar Musil: "Dizer um absurdo é a coisa mais garantida: em algum momento ela acontecerá! Basta lançar uma estupidez no mercado". A estupidez foi lançada, e continua sendo relançada todos os dias. Não por acaso, a própria quarentena, levada a sério em muitos outros países, foi por aqui sendo diluída, e a covid-19 acabou sendo considerada, por parte da população, como "uma gripezinha" apenas, algo que não atingiria os amigos frívolos e o príncipe atlético.

A pandemia, para o presidente e seus "convivas", se transformou em oportunidade para, em rede nacional, falar de desafetos (jornalistas, políticos, emissoras de TV etc.) e louvar apoiadores, por mais controverso que fosse seu comportamento.

Talvez se deva contar mesmo é com a sorte, ou com "portões de ferro", com ferrolhos bem rebitados, como diria Poe, e também com "orações", como ressaltou o ministro da Saúde Luiz Henrique Mandetta, no dia 22 de março de 2020, um domingo. É como se orações ou evocações místicas, por si sós, fossem capazes de impedir um vírus de transpor as muralhas do Brasil. Seguindo essa linha de raciocínio, pôde-se, portanto, justificar a flexibilização da quarentena, permitir a abertura de bancos, lojas, escolas etc. Afinal, como disse o contista gótico, "Além de seus muros, campeava a 'Morte Rubra'", mas na "abadia" a vida era uma festa, uma festa para poucos.

Se a vida imita a arte, é prudente conhecer o final da história de Edgar Allan: mais cedo ou mais tarde todos se dão conta de que um estranho se infiltrou na festa: "nos trajes e nas atitudes do estranho, nada havia de espirituoso ou de conveniente. Alto e lívido, vestia uma mortalha que o cobria da cabeça aos pés. A máscara que lhe escondia as feições imitava com tanta perfeição a rigidez facial de um cadáver que nem mesmo a um exame atento se perceberia o engano". Uma cena assustadora, mesmo "para os pervertidos, para quem vida e morte são brinquedos igualmente frívolos".

Quando os olhos do nosso "príncipe Próspero" caíram sobre essa figura espectral, foi tarde demais.

• • • • •

## AGONIA NA FICÇÃO E NO BRASIL

Uma das características da obra do escritor francês Guy de Maupassant (1850-1893) é a de retratar a sociedade de sua época dando ênfase a problemas da alma e da mente, o que muitas vezes faz com que seus escritos se contaminem do fantástico e do gótico, então muito apreciados. Esse é o caso de um dos seus contos mais conhecidos, *O Horla*, o qual narra a estranha história de uma peste que se espalha pela Europa trazida por uma embarcação brasileira, como descreve o protagonista do relato.

Nesse conto, o protagonista lembra que o olho "é um órgão tão elementar que mal consegue distinguir o que é indispensável à nossa existência", e que não se acredita naquilo que não se vê; por isso, desconfia-se da peste que ele descreve e denomina Horla. Assim como o Horla, o coronavírus SARS-CoV-2 é algo que existe, embora não possa ser visto a olho nu, razão pela qual segue sendo questionado por alguns, principalmente no Brasil, como se não fosse uma ameaça real ou como se fosse uma fantasia ou um delírio de certas nações e cientistas. Nem por isso o Horla e o coronavírus SARS-CoV-2 deixam de sugar a vitalidade das pessoas, podendo levá-las, como é sabido, à morte.

A literatura fantástica e a literatura gótica vieram à tona no Brasil nos tempos de pandemia e, de certa forma, ajudaram a esclarecer a vida real do país. A atuação desconcertante do então presidente da república, por exemplo, lembrava muitas vezes o modo de agir irracional de alguns personagens desses contos assombrosos.

Voltando a Guy de Maupassant, o escritor publicou em 1885 "O velho" em uma antologia de contos intitulada *Contos do dia e da noite*, que pode ser lida em português na tradução de Gustavo de Azambuja Feix. "O velho" narra a história de um moribundo ancião que vive — ou vegeta — na casa da filha e do genro, ambos camponeses rudes, como fica claro para quem lê o conto. Sobre o velho, sabe-se apenas que seu "leito lembrava uma nódoa ligeiramente branca" no canto de um quarto sujo, e que, do leito onde agonizava, partia "um ruído regular, uma respiração difícil, arquejante, sibilante, um gorgolejo de água como o produzido por uma bomba quebrada".

O genro, ao ver o sogro nessa situação — "a boca entreaberta deixava passar seu estertor ruidoso e duro" —, fala, depois de um longo silêncio: "— Só resta deixá ele morrê. Nós não pode fazê nada. Mesmo assim vai atrapalhá o trabalho da lavoura, já que o tempo tá bom e daria pra fazê a repicage amanhã."

Lembrei-me dessa frase do conto quando li que, em uma entrevista no programa de TV "Brasil Urgente", da Rede Bandeirantes, São Paulo, no dia 8 de abril de 2020, o então presidente teria afirmado que "cada família tem que botar o vovô e a vovó lá no canto e é isso. Evitar o contato com eles a menos de dois metros. E o resto tem que trabalhar, porque tá havendo uma destruição de empregos no Brasil".

O presidente parecia agir como o lavrador insensível do conto de Maupassant, o qual, sem condições econômicas e intelectuais para lutar pela vida do sogro, aceita sua morte sem nenhuma resistência e passa a se preocupar com questões que considera mais "pragmáticas": o trabalho de "repicage".

Recordei também a mesma frase do escritor francês quando li que o chefe da nação brasileira teria declarado em outra entrevista que "alguns vão morrer? Vão morrer, ué, lamento". E teria prosseguido: "nós não podemos parar a fábrica de automóveis porque tem 60 mil mortes no trânsito por ano, está certo?".

A lógica do presidente parecia ser a mesma do lavrador de "O velho", como já sugeri. Assim como este, Bolsonaro encarava a morte como um problema que prejudicaria o setor produtivo do país mesmo antes de ela acontecer. Assim como a do lavrador, sua preocupação é com a "repicage" da economia.

No conto de Maupassant, o casal apressa-se a organizar o sepultamento do velho, mesmo este estando vivo, pois ele deveria morrer em um dia apropriado que não atrapalhasse ainda mais o trabalho do genro no campo. De modo que, quando o vizinho pergunta como está o pai da camponesa, ela responde, "— Quase batendo as botas. É sábado a imunação [*sic*], às sete, já que a repicage não pode esperá".

Às vezes tem-se a impressão de que, tanto para o presidente brasileiro quanto para os seus seguidores, as pessoas em grupo de risco, como os velhos, deveriam também ter dia certo para morrer, talvez todos ao mesmo tempo para que a vida voltasse ao normal imediatamente. Pergunto-me se não teria sido esse o recado por trás da seguinte afirmação proferida no dia 29 de março de 2020: "Devemos tomar os devidos cuidados com os mais velhos, com as pessoas do grupo de risco. Agora, o emprego é essencial"; afinal, prossegue o líder: "É a vida. Todos nós iremos morrer um dia".

Pode-se afirmar que, ao fazer essas declarações, o presidente permanecia à cabeceira da cama do povo enquanto este adoecia, assim como a filha e o genro ficaram à cabeceira da cama do velho agonizante do conto de Maupasaant: "medindo-o com desconfiança, como se ele quisesse pregar uma peça de mau gosto, ou enganá-los, contrariá-los de propósito. Culpavam-no sobretudo pelo tempo que os fazia perder."

Mas o que o Bolsonaro tem a dizer sobre a morte? Nada. Afinal, como ele mesmo disse: "Ô, cara, quem fala de... Eu não sou coveiro, tá certo?".

• • • • •

## A ATUALIDADE DE HENRIK IBSEN

Mesmo antes da pandemia ocasionada pelo coronavírus SARS-CoV-2, já se percebia que no Brasil médicos e cientistas (sejam eles da área biológica, técnica ou humana) vinham sendo tratados com desconfiança, às vezes quase como se fossem inimigos do povo. Cada um deles seria uma espécie de Dr. Thomas Stockmann, o médico da peça *Um inimigo do povo* (1882), do dramaturgo norueguês Henrik Ibsen (1828-1906), que tem provas científicas e técnicas de que as águas de sua cidade, uma estação balneária em plena ascensão, estão contaminadas; porém, ao tentar denunciar o fato, ele passa a ser visto como adversário de seus concidadãos. Afinal, vem dos banhos o principal ganha-pão da cidade; são eles que geram empregos e lucros; portanto, ainda que a água esteja contaminada e seja prejudicial à saúde, podendo levar à morte, mais vale arriscar a pele do que a economia.

Esse também foi o entendimento de alguns líderes do país, entre eles o dirigente máximo da nação, quando se tentou do combater o novo coronavírus por meio do isolamento social, que poderia quebrar a economia e, consequentemente, prejudicar suas pretensões políticas. O prejuízo econômico é uma certeza; já as mortes, enquanto não ocorrem em grande número, podem ser "justificadas", como afirmou o presidente brasileiro em entrevista: "Infelizmente algumas mortes terão, paciência, acontece, e vamos tocar o barco. As consequências, depois dessas medidas equivocadas, vão ser muito mais danosas do que o próprio vírus".

Na peça de Ibsen, esses políticos poderiam ser associados, a meu ver, à personagem do intendente. E uma de suas frases caberia bem na boca de alguns políticos negacionistas. Diz o intendente, na tradução direta do norueguês de Leonardo Pinto Silva, da qual me valho neste texto (o livro foi lançado em 2017, pela editora Carambaia, numa caixa com quatro obras do autor): "E tudo isso agora, justo agora, quando a estação está em trajetória ascendente. As cidades vizinhas também possuem certas qualificações para se tornarem estâncias balneares. Não lhe ocorre que imediatamente tentarão atrair para si todo o fluxo de visitantes? Sim, sem sombra de dúvida".

Bastaria talvez substituir "cidades vizinhas" por um país não tão vizinho, a China, para que o discurso do intendente norueguês ganhasse atualidade, sobretudo se proferido por simpatizantes do presidente brasileiro. Aqui, teorias mirabolantes de conspiração abundam. Nelas, os chineses querem dominar o mundo, o Brasil, a Amazônia e, por isso, teriam propositalmente "criado" o vírus.

Para o intendente de *Um inimigo do povo*, assim como para muitos brasileiros hoje, o inimigo é na verdade qualquer um que, como se lê na peça, "deseja apenas querelar com seus superiores", seja por "ira", seja para tirar o brilho deles. O médico do balneário contesta, contudo, tal acusação leviana alegando que, "[...] como médico, como homem de ciências, tenho pleno direito de...". Mas, para o intendente, nem mesmo a ciência tem o direito de "expressar qualquer convicção que esteja em desacordo com a de seus superiores".

É interessante pensar que a Noruega da época de Ibsen não é a que conhecemos hoje: "a Noruega em que nasceu Ibsen era ainda um país pobre e provinciano. Foi na década de 1960, quando se descobriu o petróleo no Mar do Norte, que ela se tornou rica com uma rapidez incrível", lembra a pesquisadora Tereza Menezes no livro *Ibsen e o novo sujeito da modernidade*. Assim, o país a que o dramaturgo se refere em algumas de suas peças, como essa em especial, e em seus ensaios satíricos sobre os deputados noruegueses, não era, parece-me, muito diferente do Brasil atual.

Em *Um inimigo do povo*, diz Menezes, "Ibsen ataca a mentira e a corrupção, mostrando como os cidadãos são manipulados pela imprensa [que divulga o que o governo e os empresários querem ouvir] e pelo poder público, que não quer perder seus ganhos [...]". A peça ataca ainda os empresários, que, supostamente, não poderiam arcar com "sacrifícios além da conta". O papel dos empresários fica claro em um diálogo entre o intendente, Hovstad, o editor do jornal *Mensageiro do povo*, e Aslaksen, o tipógrafo do jornal.

Quando o intendente diz que a cidade deverá se submeter a sacrifícios se os banhos forem denunciados, o editor questiona: "A cidade?". E o diálogo prossegue:

"Aslaksen: Não estou compreendendo... São os banhos...!

Intendente: A uma primeira vista, as reformas apregoadas pelo médico do balneário montam a algumas centenas de milhares de coroas.

Aslaksen: É uma soma vultosa, mas...

Intendente: Naturalmente caberá à comarca obrigar-se a um empréstimo.

Hovstad (põe-se de pé): Não era bem esse o propósito: que a cidade inteira...?

Aslaksen: E haveríamos de recorrer ao tesouro do município? À poupança dos parcos bolsos dos moradores?

Intendente: Sim, meu prezado senhor Aslaksen. Do contrário, de onde mais poderíamos obter os meios para tal?

Aslaksen: Os senhores, proprietários dos banhos, que tratem de descobrir.

Intendente: Os proprietários não estão em condições de arcar com um sacrifício além da conta".

Ao ser acusado de querer acabar com a cidade inteira ao revelar a contaminação das águas do balneário, o médico desabafa: "De que importa destruir uma sociedade firmada numa mentira?

Que ela venha por terra, estou dizendo! Devem ser extintos como praga todos e quaisquer que prosperem na mentira! Pois findarão empestando o país inteiro, de tal sorte que haveremos por merecer a ruína ao final. E caso cheguemos a tanto, digo-lhe do fundo do meu coração: deixem toda a terra erma, deixem essa gente se extinguir!".

Os teatros fecharam no Brasil durante a pandemia, mas a encenação da peça de Ibsen foi oferecida diariamente a nós, espectadores em quarentena.

# SOBRE A AUTORA

*Dirce Waltrick do Amarante* é professora do Curso de Artes Cênicas e do Programa de Pós-graduação em Literatura da Universidade Federal de Santa Catarina. É professora também do Programa de Pós-graduação em Tradução da Universidade de Brasília. Autora de livros sobre literatura infantojuvenil, teatro e teoria literária, entre eles, *Pequena Biblioteca para crianças, Cenas do teatro moderno e contemporâneo, Para ler Finnegans Wake de James Joyce* e *Metáforas da Tradução*. Tradutora de escritores como Edward Lear, James Joyce, Gertrude Stein, Leonora Carrington, Cecilia Vicuña e Eugène Ionesco. Organizou e cotraduziu com o Coletivo Finnegans o último romance de James Joyce sob o título *Finnegans Rivolta*. Dramaturga, autora de *Quando elas esperam* (adaptação de Esperando Godot, de Samuel Beckett) e *Minha pequena Irlanda* (adaptação do capítulo VIII de *Finnegans Wake* e das cartas trocadas entre James Joyce e Nora Barnacle). Autora de livros de ficção como *Ascensão: contos dramáticos, Cem encontros ilustrados* e *Cenas*. Autora de livros para crianças como *A natureza das coisas e outros contos, Meu pai é um vampiro* e *Meus pais são zumbis*.

A *Iluminuras* dedica suas publicações à memória de sua sócia Beatriz Costa [1957-2020] e a de seu pai Alcides Jorge Costa [1925-2016].